少年读
太平广记 ①

[宋]李昉 等编撰　杨柏林　刘春艳 编译　　精美插图版

目录

第一册

神仙

周穆王 …………… 3	孙思邈 …………… 55
汉武帝 …………… 6	蓝采和 …………… 65
鬼谷先生 ………… 8	萧静之 …………… 67
刘政 …………… 10	玄真子 …………… 69
白石先生 ………… 14	颜真卿 …………… 72
焦先 …………… 17	李泌 …………… 82
泰山老父 ………… 20	贺知章 …………… 105
左慈戏曹操 ……… 22	李贺 …………… 108
杜子春 …………… 31	嵩岳嫁女 ………… 111
张老 …………… 43	裴航 …………… 124

第二册

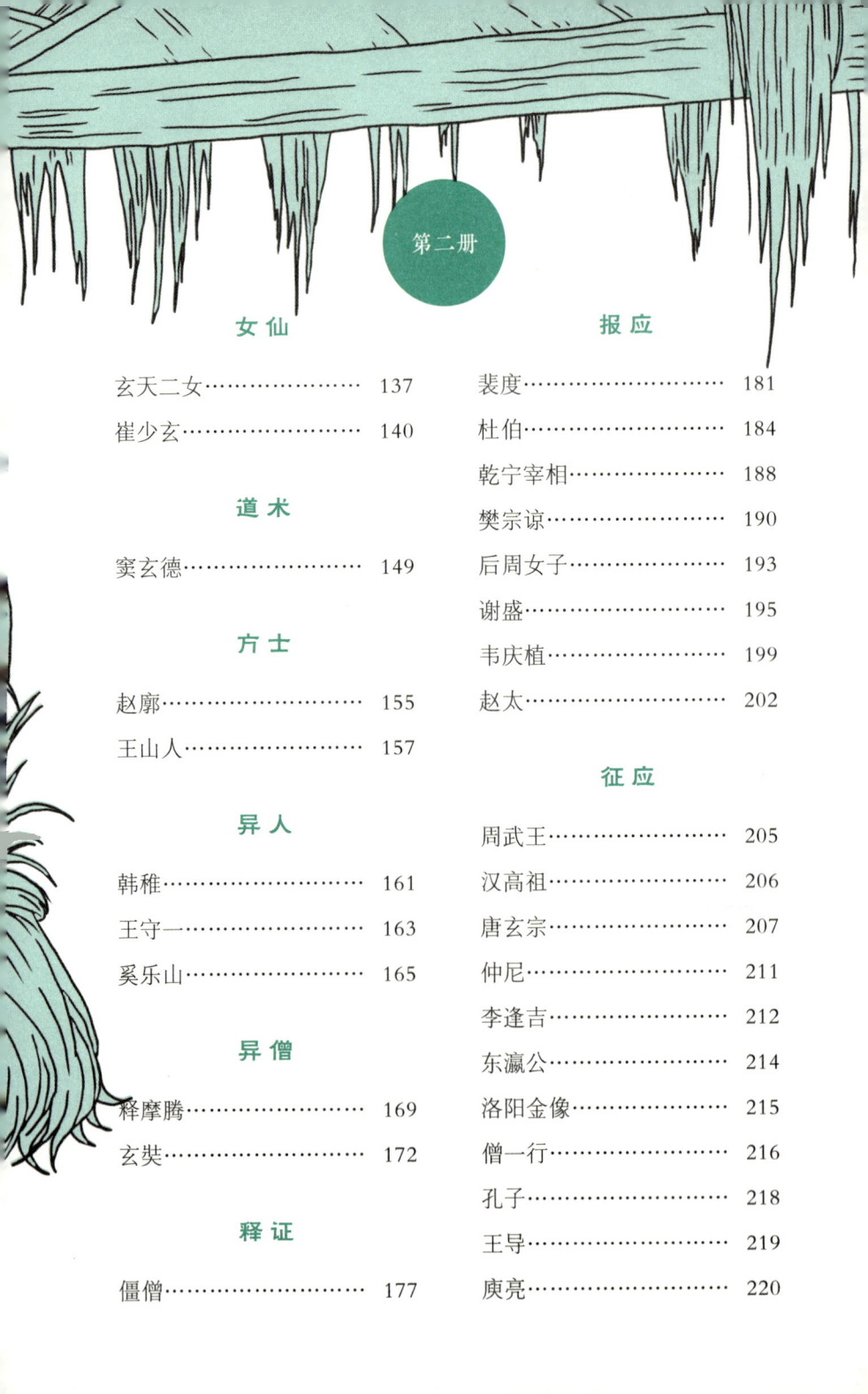

女仙

玄天二女 ……………… 137
崔少玄 ………………… 140

道术

窦玄德 ………………… 149

方士

赵廓 …………………… 155
王山人 ………………… 157

异人

韩稚 …………………… 161
王守一 ………………… 163
奚乐山 ………………… 165

异僧

释摩腾 ………………… 169
玄奘 …………………… 172

释证

僵僧 …………………… 177

报应

裴度 …………………… 181
杜伯 …………………… 184
乾宁宰相 ……………… 188
樊宗谅 ………………… 190
后周女子 ……………… 193
谢盛 …………………… 195
韦庆植 ………………… 199
赵太 …………………… 202

征应

周武王 ………………… 205
汉高祖 ………………… 206
唐玄宗 ………………… 207
仲尼 …………………… 211
李逢吉 ………………… 212
东瀛公 ………………… 214
洛阳金像 ……………… 215
僧一行 ………………… 216
孔子 …………………… 218
王导 …………………… 219
庾亮 …………………… 220

柳元景…………………… 221

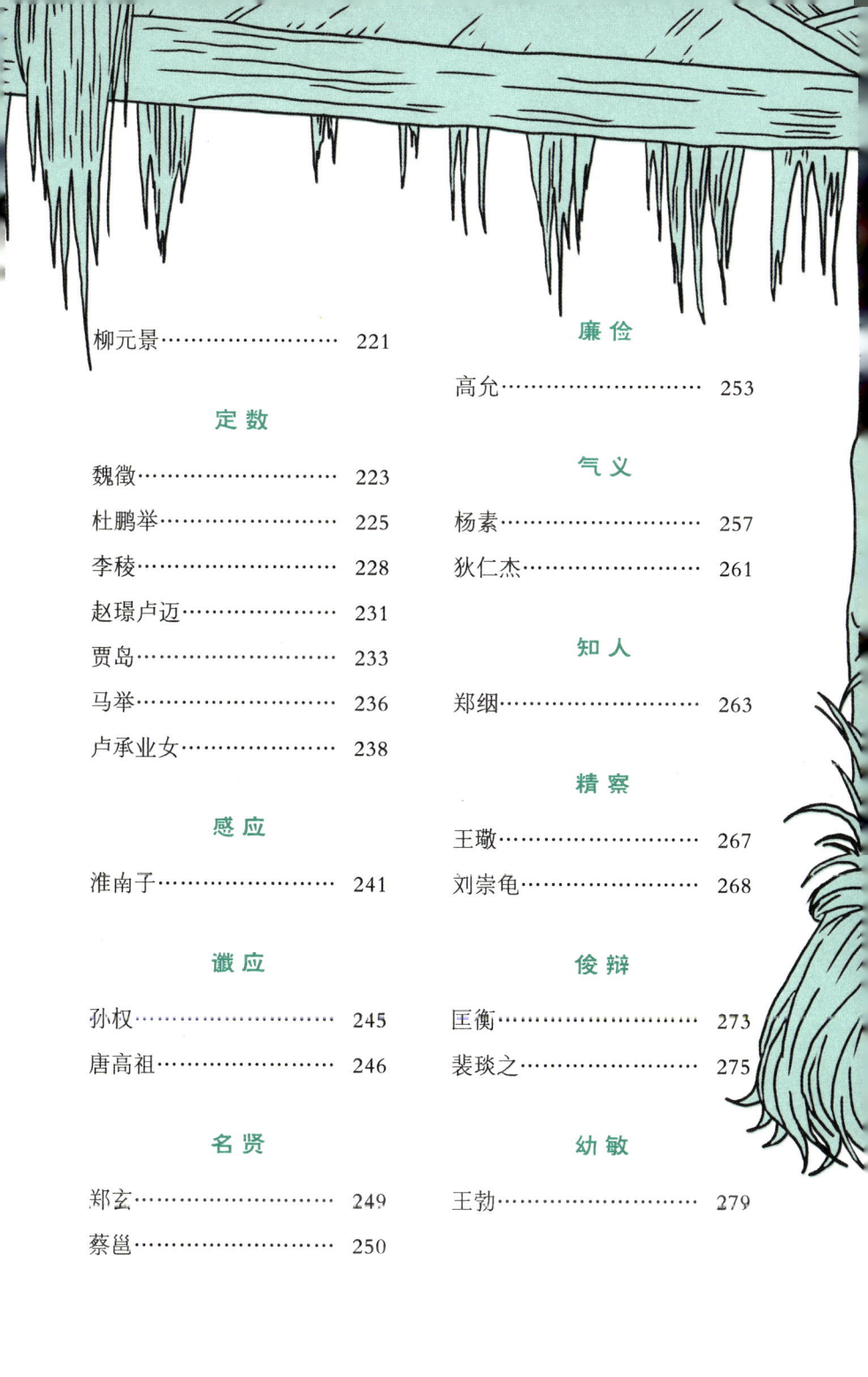

定数

魏徵……………………… 223
杜鹏举…………………… 225
李稜……………………… 228
赵璟卢迈………………… 231
贾岛……………………… 233
马举……………………… 236
卢承业女………………… 238

感应

淮南子…………………… 241

谶应

孙权……………………… 245
唐高祖…………………… 246

名贤

郑玄……………………… 249
蔡邕……………………… 250

廉俭

高允……………………… 253

气义

杨素……………………… 257
狄仁杰…………………… 261

知人

郑绲……………………… 263

精察

王璥……………………… 267
刘崇龟…………………… 268

俊辩

匡衡……………………… 273
裴琰之…………………… 275

幼敏

王勃……………………… 279

第三册

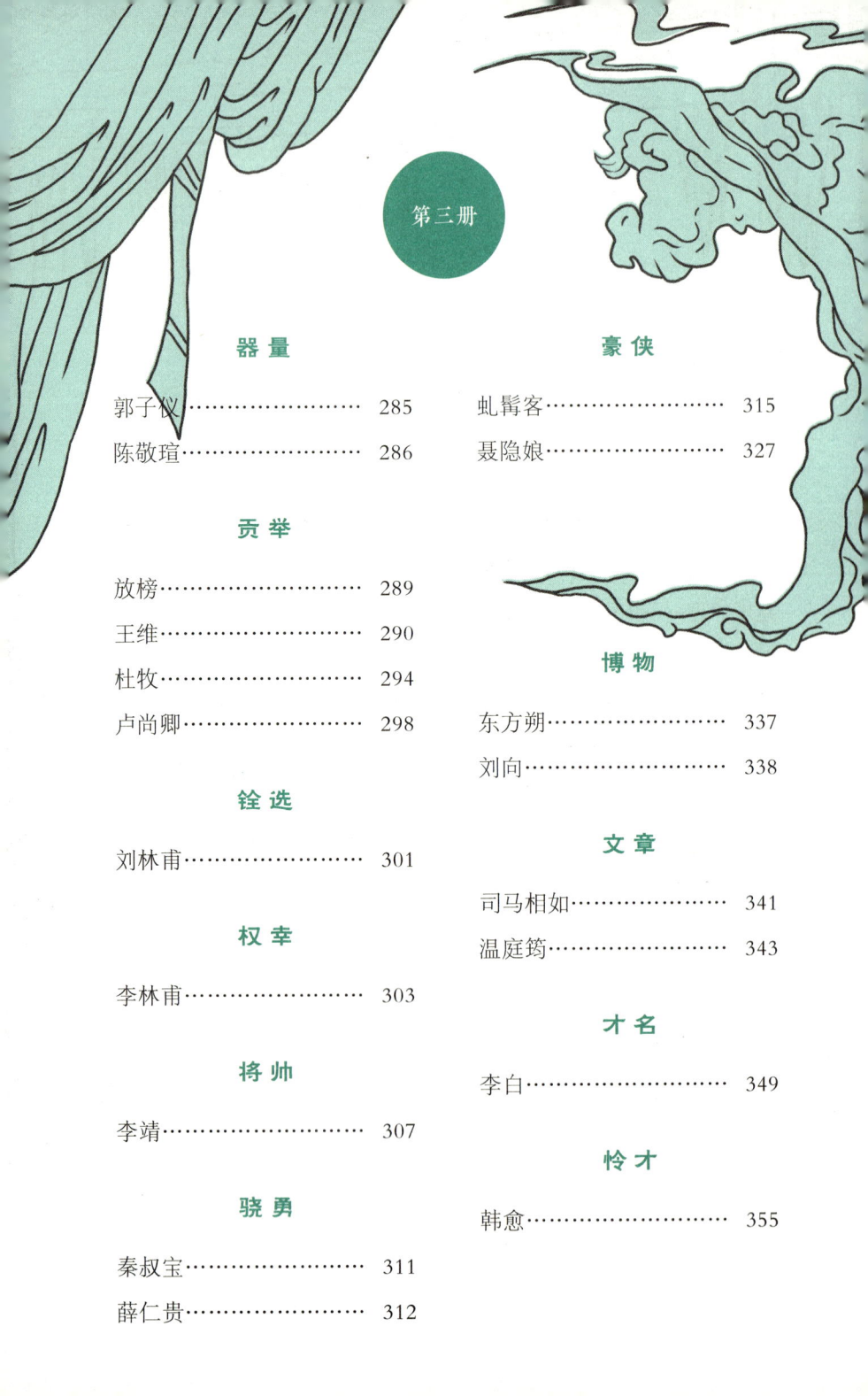

器量
郭子仪 ················ 285
陈敬瑄 ················ 286

贡举
放榜 ················· 289
王维 ················· 290
杜牧 ················· 294
卢尚卿 ················ 298

铨选
刘林甫 ················ 301

权幸
李林甫 ················ 303

将帅
李靖 ················· 307

骁勇
秦叔宝 ················ 311
薛仁贵 ················ 312

豪侠
虬髯客 ················ 315
聂隐娘 ················ 327

博物
东方朔 ················ 337
刘向 ················· 338

文章
司马相如 ··············· 341
温庭筠 ················ 343

才名
李白 ················· 349

怜才
韩愈 ················· 355

乐

师延················359

曹王皋··············362

书

李斯················365

蔡邕················368

王羲之··············369

购《兰亭序》········371

画

毛延寿··············383

顾恺之··············384

阎立本··············389

算术

袁弘御··············395

卜筮

郭璞················399

医

华佗················403

张仲景··············405

相

陆景融··············409

安禄山··············410

孙思邈··············412

武后················414

李淳风··············415

杨贵妃··············417

伎巧

张衡················419

凌云台··············420

十二辰车············422

铜樽················423

器玩

王子乔··············425

轻玉磬··············426

吉光裘··············427

第四册

食
刘孝仪……………………431

交友
竹林七贤……………………435
嵇康…………………………436
山涛…………………………438

奢侈
石崇…………………………441
李德裕………………………443

谄佞
赵履温………………………445

谬误
萧颖士………………………449

治生
裴明礼………………………453

褊急
李凝道………………………457

诙谐
晏婴…………………………459
蔡谟…………………………461
薛道衡………………………462
崔行功………………………463
狄仁杰………………………464
李程…………………………465

嘲诮
程季明………………………469
贾嘉隐………………………470

欧阳询…………… 472
柳宗元…………… 473
皮日休…………… 476

嗤鄙

魏人钻火…………… 479
元魏臣…………… 480
公羊传…………… 481

无赖

宗玄成…………… 485
南荒人娶妇…………… 487
赵高…………… 488

轻薄

杜甫…………… 491
崔秘…………… 494

酷暴

麻秋…………… 197
宋幼帝…………… 498
京师三豹…………… 499

妇人

卢氏…………… 503

情感

武延嗣…………… 507

梦

周昭王…………… 511
吴夫差…………… 512
吕蒙…………… 514
侯君集…………… 515
炀帝…………… 517

元稹 ………… 519

巫

来俊臣 ………… 521

幻术

阳羡先生 ………… 523

妖妄

明思远 ………… 529
董昌 ………… 531

神

太公望 ………… 535
四海神 ………… 537
李高 ………… 539
蒋帝神 ………… 541
李播 ………… 542
王昌龄 ………… 544
村人陈翁 ………… 545

郑䎖 ………… 548
滑能 ………… 549

鬼

鲜于冀 ………… 553
周翁仲 ………… 555
陆机 ………… 557
周临贺 ………… 559
襄阳军人 ………… 561
张隆 ………… 563
孟襄 ………… 565
幽州衙将 ………… 566
武丘寺 ………… 569
赵叔牙 ………… 570
淮西军将 ………… 573
送书使者 ………… 575
豫章中官 ………… 577

夜叉

江南吴生 ………… 579

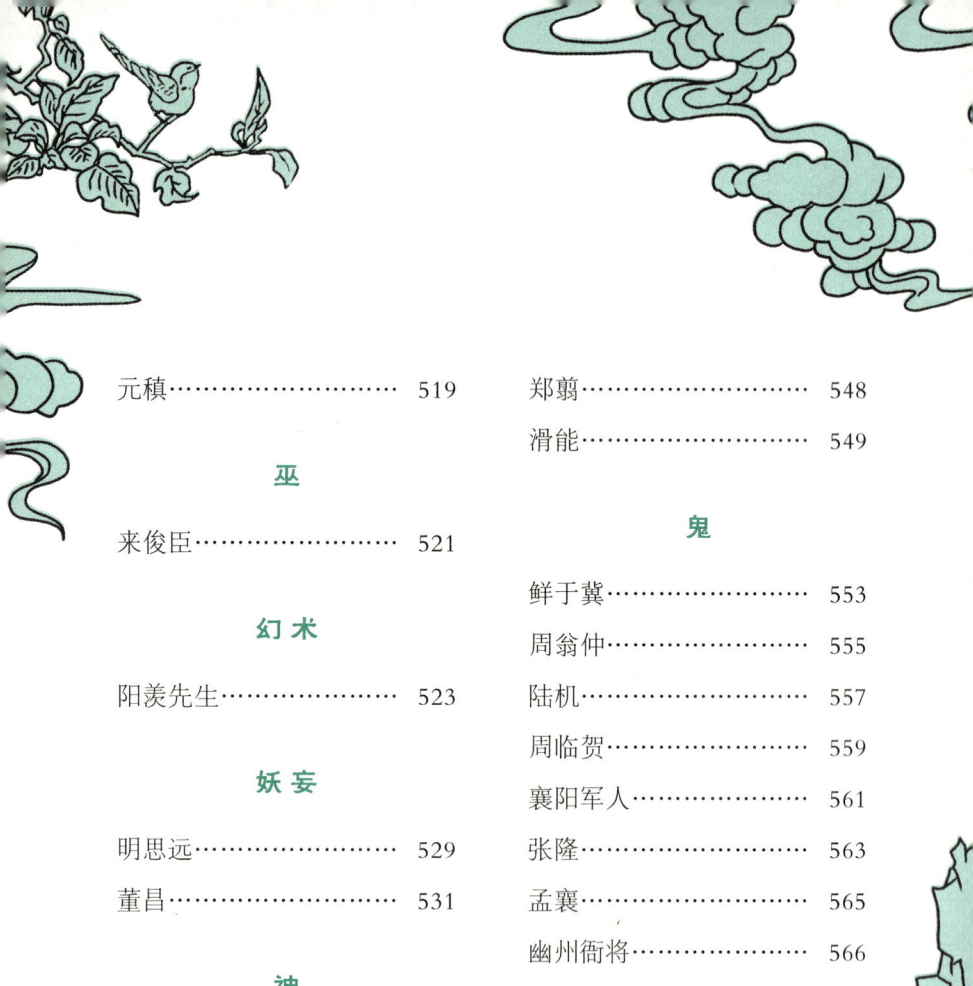

第五册

神魂

庞阿 ································· 585

妖怪

双头鸡 ····························· 589
商仲堪 ····························· 590
安阳黄氏 ························· 591
太原小儿 ························· 594

精怪

阳城县吏 ························· 597
蒋惟岳 ····························· 598
石从武 ····························· 600
梁氏 ································· 601

灵异

孙坚得葬地 ····················· 605
八阵图 ····························· 606

再生

刘凯 ································· 609
陆彦 ································· 611
曹宗之 ····························· 612
隰州佐史 ························· 615
开元选人 ························· 617
皇甫恂 ····························· 620
琅邪人 ····························· 623
僧彦先 ····························· 625
梁氏 ································· 626

悟前生

王练 ································· 629
乂澹 ································· 630

冢墓

袁安 ································· 633

铭记

夏侯婴…………………… 637
王承检…………………… 638

雷

杨道和…………………… 641
石勒……………………… 642
建州山寺………………… 643
杨询美从子……………… 644

雨

不空三藏………………… 647

山

大翩山…………………… 651

石

石鼓……………………… 655

采石……………………… 656
青石……………………… 657

水

帝神女…………………… 659

宝

霍光……………………… 661
建安村人………………… 663
汉高后…………………… 665
马脑……………………… 666
月镜……………………… 667

草木

合离树…………………… 671
玉树……………………… 672
偃桑……………………… 673
圣鼓枝…………………… 674

奈祇草…………………… 675

红紫牡丹………………… 676

柤稼柩树实……………… 677

檽枣……………………… 679

楼阙芝…………………… 680

龙脑香…………………… 682

陆敬叔…………………… 683

龙

苍龙……………………… 685

江陵姥…………………… 686

萧昕……………………… 687

卢翰……………………… 690

元义方…………………… 691

虎

汉景帝…………………… 693

亭长……………………… 694

裴旻……………………… 695

归生……………………… 697

蔄庭雍…………………… 698

畜 兽

金牛……………………… 701

周穆王八骏……………… 702

汉文帝九逸……………… 704

梁文……………………… 705

后魏庄帝………………… 707

狼狈……………………… 709

狐

陈羡……………………… 711

焦练师…………………… 713

王义方…………………… 715

贺兰进明………………… 716

第六册

蛇

颜回 …………………… 721

袁玄瑛 …………………… 722

禽鸟

凤凰台 …………………… 725

鹦鹉救火 …………………… 726

祖录事 …………………… 728

飞涎鸟 …………………… 729

精卫 …………………… 731

水族

海虾 …………………… 733

夏鲦 …………………… 734

子路 …………………… 736

荆州渔人 …………………… 737

宋士宗母 …………………… 740

昆虫

怪哉 …………………… 743

淳于棼 …………………… 744

蛮夷

四方蛮夷 …………………… 765

帝女子泽 …………………… 766

奇肱 …………………… 767

西北荒小人 …………………… 768

于阗 …………………… 769

南蛮 …………………… 771

杂传记

李娃传 …………………… 773

柳氏传（许尧佐撰） …………………… 795

长恨传（陈鸿撰） …………………… 802

无双传 …………………… 812

霍小玉传（蒋防撰） …………………… 826

莺莺传（元稹撰） …………………… 845

杂录

虞世南 …………………… 863

崔湜 …………………… 864

歌舒翰 …………………… 866

莲花漏 …………………… 867

韦宙 …………………… 868

少年读

太平广记

周穆王

 原文诵读

周穆王名满，房后所生，昭王子也。昭王南巡不还，穆王乃立，时年五十矣。立五十四年，一百四岁。王少好神仙之道，常欲使车辙马迹，遍于天下，以仿黄帝焉。乃乘八骏之马，奔戎，使造父为御。得白狐玄貉(háo)，以祭于河宗。导车涉弱水，鱼鳖鼋鼍(yuán tuó)以为梁。逐登于舂(chōng)山，又觞西王母于瑶池之上。王母谣曰："白云在天，道里悠远。山川间之，将子无死，尚能复来。"王答曰："余归东土，和洽诸夏，万民平均，吾顾见汝。"比及三年，将复而野。又至于雷首太行，遂入于宗周。时尹喜既通流沙草栖于终南之阴，王追其旧迹，招隐士尹轨、杜冲，居于草栖之所，因号楼观。从诣焉。祭父自郑圃来谒，谏王以徐偃(yǎn)之乱。王乃返国，宗社复安。王造昆仑时，饮蜂山石髓，食玉树之实，又登群玉山，西王母所居，皆得飞灵冲天之道。而示迹托形者，盖所以示民有终耳。况其饮琬琰之膏，进甜雪之味，素莲黑枣，碧藕白橘，皆神仙之物，得不延期长生乎。又云，西王母降穆王之宫，相与升云而去。（出《仙传拾遗》）

周穆王的名字叫姬满,为房后所生,是周昭王的儿子。周昭王去南方巡狩时没有回来,周穆王于是即位,当时他已经有五十岁了。他在位五十四年,活了一百零四岁。周穆王年轻时喜欢修仙的道术,常常想使自己车驾的足迹遍及天下,来仿效黄帝。于是他乘坐八匹骏马驾驶的车子,奔赴西北戎族的所在地,并让最擅长驾车的造父为他驾车。周穆王得到一只白色的狐狸和一只黑色的貉子,用它们来祭祀河神。他的车子将要渡过弱水时,河里的鱼、龟、鳄鱼等自动为他搭起了桥,让他的车通过。于是周穆王登上舂山,又在瑶池之上与西王母一起宴饮。西王母唱道:"天上白云飘飘,道路漫长。高山大河阻隔我们,希望你能长生,我们还能重逢。"周穆王说:"我回到东方故土以后,将使华夏各国都能和睦相处,使万民都过上平等富足的生活,我再来看望你。"等到三年以后,周穆王又出行于原野。到了雷首山和太行山,最后回到都城镐京。当时尹喜已过流沙,在终南山的北面搭草棚居住,周穆王也追随着他旧日的足迹,招致隐士尹轨、杜冲,居住在草棚里,于是命名为"楼观"。周穆王去那里拜访他们。祭父从郑圃来拜访,因徐偃作乱而向周穆王进谏。周穆王于是返回国都,宗庙社稷重新得以安定下来。周穆王拜访昆仑山时,饮用峰山石缝中流出的甘泉,吃着玉树上结出的果实,又登上西王母所居住的群玉山,得到全部的飞升上天的道术。他之所以还以凡人的行迹出

现,是因为想要昭示百姓有始有终罢了。况且他饮用的是玉石所制作的膏液,吃的是昆仑山上有甜味的雪,素莲、黑枣、碧藕、白橘,都是仙界的物品,能不延长寿命得以长生吗?有人说,西王母降临周穆王的宫殿,他们一起升天离开。

 读后感悟

穆王为昭王之子,他继承遗烈,制刑律,征犬戎,乘八骏至昆仑。周穆王会西王母之事,虽属离奇,但其西巡故事当为不虚。

汉武帝

 原文诵读

汉武帝尝微行造主人家,家有婢国色,帝悦之,仍留宿。夜与主婢卧。有一书生,亦寄宿,善天文,忽见客星将掩帝座,甚逼。书生大惊惧,连呼咄咄,不觉声高。仍又见一男子,操刀将入户。闻书生声急,谓为己故,遂缩走。客星应时而退。如此者数过,帝闻其声,异而问之,书生具说所见。帝乃悟曰:"必此人婿也,将欲肆凶恶于朕。"仍召集期门羽林,语主人曰:"朕,天子也。"于是擒奴,问而款服,乃诛之。帝叹曰:"斯盖天启书生之心,以扶祐朕躬!"乃厚赐书生焉。(出《幽明录》)

 译文

汉武帝曾经穿着便衣来到主人的家里,主人家有一个长得国色天香的婢女,汉武帝对她很满意,于是留下过夜。晚上,汉武帝与主人的婢女上床休息。有一位书生,也寄宿在主人家,他擅长观测天象,忽然看到天上有一颗客星侵犯帝星,很是紧迫。书生非常担心害怕,口中接连呼叫,不知不觉声调高昂。接着又看到一个男子,拿着刀将要进门。这男子听到书生声音急迫,认为是看到自己的缘故,于是退缩跑掉了。天上的客星就立即从帝星边上退走了。像这样发生了好几次,汉武帝听到了他的声音,感到奇怪就询问他,书生详细地说了自己看

到的情况。汉武帝于是明白了，说："一定是这个人的女婿，想要对我肆意作恶。"接着召集门外的卫士，对主人说："我，是天子。"于是抓住了那个男子，审问之下就服罪了，最后杀了他。汉武帝叹息着说："这大概是上天开启了书生的心门，让他来扶助和保护我的吧。"于是优厚地赏赐了这个书生。

 **读后感悟**

后人以"汉唐盛世"追怀古代中国，汉武帝自是有功之人。这些琐屑细事虽不足以表现其雄才大略，亦可以见其决断。

鬼谷先生

 原文诵读

鬼谷先生，晋平公时人，隐居鬼谷，因为其号。先生姓王名利，亦居清溪山中。苏秦、张仪，从之学纵横之术。二子欲驰骛诸侯之国，以智诈相倾夺，不可化以至道。夫至道玄微，非下才得造次而传。先生痛其道废绝，数对苏、张涕泣，然终不能寤。苏、张学成别去，先生与一只履，化为犬，北引二子即日到秦矣。先生凝神守一，朴而不露。在人间数百岁，后不知所之。秦皇时，大宛中多柱死者横道，有鸟衔草以覆死人面，遂活。有司上闻，始皇遣使赍（jī）草以问先生。先生曰："巨海之中有十洲，曰祖洲、瀛（yíng）洲、玄洲、炎洲、长洲、元洲、流洲、光生洲、凤麟洲、聚窟洲，此草是祖洲不死草也。生在琼田中，亦名养神芝。其叶似菰（gū），不丛生，一株可活千人耳。"（出《仙传拾遗》）

译文

鬼谷先生是晋平公时的人，因在鬼谷山中隐居，就用鬼谷作为他的名号。他的真名叫王利，也曾在清溪山里居住过。苏秦、张仪曾向鬼谷先生学习"合纵连横"的策略。他们两位打算去游说各国的诸侯，用狡诈和斗智互相倾轧争夺，而不是用道去感化诸侯，消除征战和纷争。这是因为大道深奥玄妙的，不是一般的平庸之辈能得到的。鬼谷先生因为伤心大道被废弃，多次流着眼泪给苏秦、张仪讲解他的理论，但是苏秦、张仪始终不能悟道。苏秦、张仪学成离开鬼谷先生，先生送给他们一只鞋，让它变化成一只狗，带着他们二人向北走，当天就到了秦国。鬼谷先生专心致志地修道，朴实无华，从不锋芒外露。他在世间活了好几百年，后来不知去了哪里。秦始皇在位的时候，大宛国有很多含冤而死的人横卧在野外的道旁。有一种鸟衔来一种草，盖在死人的脸上，死人就复活了。有关部门

把这件事报告给秦始皇，秦始皇就派人带着那种草去请教鬼谷先生。先生说："大海之中有十座仙洲，它们是祖洲、瀛洲、玄洲、炎洲、长洲、元洲、流洲、光生洲、凤麟洲、聚窟洲，这种草是祖洲的不死草。生长在琼玉的田地里，也叫养神芝。这种草的叶子像菰米和茭白，不是一丛丛地生长，一株不死草可以救活上千人。"

读后感悟

神仙之中没有懵懂糊涂的人，苏秦、张仪绝世聪明，却不是可治国安邦的人才。

刘政

原文诵读

刘政者，沛人也。高才博物，学无不览。以为世之荣贵，乃须臾耳，不如学道，可得长生。乃绝进趋之路，求养生之术。勤寻异闻，不远千里。苟有胜己，虽奴客必师事之。复治墨子五行记，兼服朱英丸，年百八十余岁，色如童子。能变化隐形，以一人分作百人，百人作千人，千人作万

人。又能隐三军之众,使成一丛林木,亦能使成鸟兽;试取他人器物,易置其处,人不知觉。又能种五果,立使华实可食。坐致行厨,饭膳俱数百人。又能吹气为风,飞砂扬石。以手指屋宇山陵壶器,便欲颓坏;复指之,即还如故。又能化生美女之形,及作水火。又能一日之中,行数千里。能嘘水兴云,奋手起雾,聚土成山,刺地成渊。能忽老忽少,乍大乍小,入水不沾,步行水上,召江海中鱼鳖蛟龙鼋鼍,即皆登岸。又口吐五色之气,方广十里,直上连天,又能跃上,下去地数百丈。后去不知所在。(出《神仙传》)

译文

刘政,沛县人,才华高明,博学多识。他认为世上的荣华富贵只是很短暂的,不如学习道术,让自己长生不老。于是他就自己断绝了求官的门路,探求修养长生的方术。他辛勤地打听奇异的传说,不以千里为远;如果遇到比自己强的人,即使是奴仆门客,也像对待老师一样侍奉他们。他又研究墨子的《五行记》去修身养性,还经常服用"朱英丸",活到一百八十多岁时,脸色还像个少年人。他能变化和隐身,能把自己分成一百个人,一百个人再分成一千个人,一千个人又变成一万个人。他还能把千军万马隐蔽起来,使他们变成一丛树木,也能把三军变成鸟兽;他把别人的东西取过来,换个别的地方放置,人们都没有发现。他还能种植各种果树,种子落地后马上就长大开花并结出能吃的果实。他安坐着就可以做饭，做出的饭供几百个人用餐。他还能吹气成风，掀起飞砂走石。他用手一指，被他指到的房屋、山陵、器具就立刻崩塌毁坏。再一指，被他毁坏的东西又可以立刻复原如初。他能变化出美丽的女子，还能兴起水患和火灾。一天之内他可以奔走几千里，还能用嘴喷水变云，挥挥手就生起大雾，把土聚成山岳，把地钻成深潭。他能一会儿变成老人，一会儿变成少年，身材可以忽大忽小。他涉水时，鞋不沾湿，能在水面上行走，能召集江河湖海中的鱼鳖虾蟹和蛟龙，使它们都上岸聚集。他能够口吐五色云气覆盖十里地，云气直冲青天，和天空融为一体，他只要一跳，就可上天和入地好几百丈。后来，不知道刘政去了哪里。

 读后感悟

刘政才华横溢，博学多才，及早悟道，脱身苦海。

白石先生

 原文诵读

白石先生者,中黄丈人弟子也,至彭祖时,已二千岁余矣。不肯修升天之道,但取不死而已,不失人间之乐。其所据行者,正以交接之道为主,而金液之药为上也。初以居贫,不能得药,乃养羊牧猪,十数年间,约衣节用,置货万金,乃大买药服之。常煮白石为粮,因就白石山居,时人故号曰"白石先生"。亦食脯饮酒,亦食谷食。日行三四百里,视之色如四十许人。性好朝拜事神,好读《幽经》及《太素传》。彭祖问之曰:"何不服升天之药?"答曰:"天上复能乐比人间乎?但莫使老死耳。天上多至尊,相奉事,更苦于人间。"故时人呼白石先生为"隐遁仙人",以其不汲汲于升天为仙官,亦犹不求闻达者也。(出《神仙传》)

 **译文**

白石先生,是中黄丈人的弟子,到了彭祖所在的时代,白石先生已经活了两千多岁了。他不肯修炼成仙的道术,只是想长生不死就可以了,所以不放弃人间的享乐。他注重节制男女之间的事情,注重服用以金石炼成的丹液。起初由于非常贫

穷，不能得到药材，他就养羊喂猪，节衣缩食，十几年间，积攒了上万的金钱，就开始大量买药服用。他还经常煮白石当粮食，又住在白石山中，所以当时人们都称他为白石先生。他也吃肉喝酒，也吃五谷杂粮。他一天可以走三四百里，看着像四十多岁的人。他喜欢朝拜神仙，喜欢读《幽经》和《太素传》。彭祖有一次问白石先生："你为什么不服用可以成仙的药呢？"白石先生回答说，"天上能有人间这么多的欢乐吗？我只求不老不死就满足了。再说天上有那么多的神仙，我去侍奉他们，比在人间苦多了。"所以当时人们都称白石先生为"隐遁仙人"，因为他并不极力追求升天当仙官，正如在世间不追求功名利禄一样。

读后感悟

杜甫诗云："长生徒有慕，苦乏大药资。"观白石先生行迹，升仙亦不易。

焦先

 原文诵读

焦先者,字孝然,河东人也,年一百七十岁。常食白石,以分与人,熟煮如芋食之。日日入山伐薪以施人,先自村头一家起,周而复始。负薪以置人门外,人见之,铺席与坐,为设食,先便坐,亦不与人语。负薪来,如不见人,便私置于门间,便去,连年如此。及魏受禅,居河之湄,结草为庵,独止其中。不设床席,以草褥衬坐,其身垢污,浊如泥潦。或数日一食,行不由径,不与女人交游。衣弊,则卖薪以买故衣着之,冬夏单衣。太守董经,因往视之,又不肯语,经益以为贤。彼遭野火烧其庵,人往视之,见先危坐庵下不动,火过庵烬,先方徐徐而起,衣物悉不焦灼。又更作庵,天忽大雪,人屋多坏,先庵倒。人往,不见所在,恐已冻死,乃共拆庵求之,见先熟卧于雪下,颜色赫然,气息休休,如盛暑醉卧之状。人知其异,多欲从学道,先曰:"我无道也。"或忽老忽少,如此二百余岁,后与人别去,不知所适。所请者竟不得一言也。(出《神仙传》)

 译文

焦先,字孝然,是河东人,已经活了一百七十岁。他经常服用白石,并把白石分给别人,像煮山芋那样吃。焦先每天进山砍柴,然后把柴分给别人,先从村头第一家开始,周而复始。焦先把柴禾背到人家的门外放下,主人看见后,就把焦先请到屋中铺设坐席坐下,为焦先置办饭食,焦先就坐下,也不和主人说话。焦先如果把柴禾背来而主人不在,他

就把柴禾放到门外转身就走,连年都是这样。魏文帝接受禅让之后,焦先在河边盖了一间草屋,自己一个人住进去。屋子里不放床,只铺着草垫子,他满身都是泥污,像在泥里打了滚似的。有时他几天吃一次饭,行为很规矩,也不和女人交往。他的衣服破了,就卖了柴买件旧衣服穿上,冬天夏天都是身穿单衣。当时的太守董经听说后就来看望焦先,焦先却不肯说话。董经就更觉得焦先是大贤人。后来焦先的草屋被野火烧毁,人们跑去看,只见焦先端坐在火中,草屋烧成灰烬之后,焦先才慢慢站起来,身上的衣服全都没烧着。后来焦先又盖起来一座草房,老天忽然下了一场大雪,大家的房子大都被大雪压坏了。焦先的草房也倒了。人们去看,怕焦先已经冻死,于是就一起扒开草房寻找,只见焦先躺在雪底下熟睡,面色红润,呼吸均匀,像在炎夏喝醉了一样。人们都认为焦先不是凡人,很多人想跟从他学习道术。焦先说:"我不会道术。"焦先一会儿老,一会儿又很年轻,这样活到二百多岁,后来就和众人分别离开了,也不知去了什么地方。那些向他请教道术的人,最终没有得到他一句指点。

 读后感悟

大智若愚,说的大概就是焦先这样的人吧。

泰山老父

 原文诵读

泰山老父者,莫知姓字。汉武帝东巡狩,见老翁锄于道旁,头上白光高数尺。怪而问之。老人状如五十许人,面有童子之色,肌肤光华,不与俗同。帝问有何道术。对曰:"臣年八十五时,衰老垂死,头白齿落。遇有道者,教臣绝谷,但服术饮水。并作神枕,枕中有三十二物。其三十二物中,有二十四物以当二十四气,八毒以应八风。臣行之,转老为少,黑发更生,齿落复出,日行三百里。臣今一百八十岁矣。"帝受其方,赐玉帛。老父后入岱山中。每十年五年,时还乡里。三百余年,乃不复还。(出《神仙传》)

 译文

泰山老父,没有人知道他的姓名。汉武帝去东方巡游时,看到一位老翁在路边锄地,头上有高达好几尺的白色光芒。汉武帝感到奇怪,就询问他。这位老翁大约五十岁模样,脸色有孩童一样的红润之色,皮肤光洁美丽,和世俗的人不一样。汉武帝询问他有什么道术。他回答说:"我八十五岁时,身体衰老得将要死掉了,头发花白,牙齿掉落。遇到一位修道的人,教

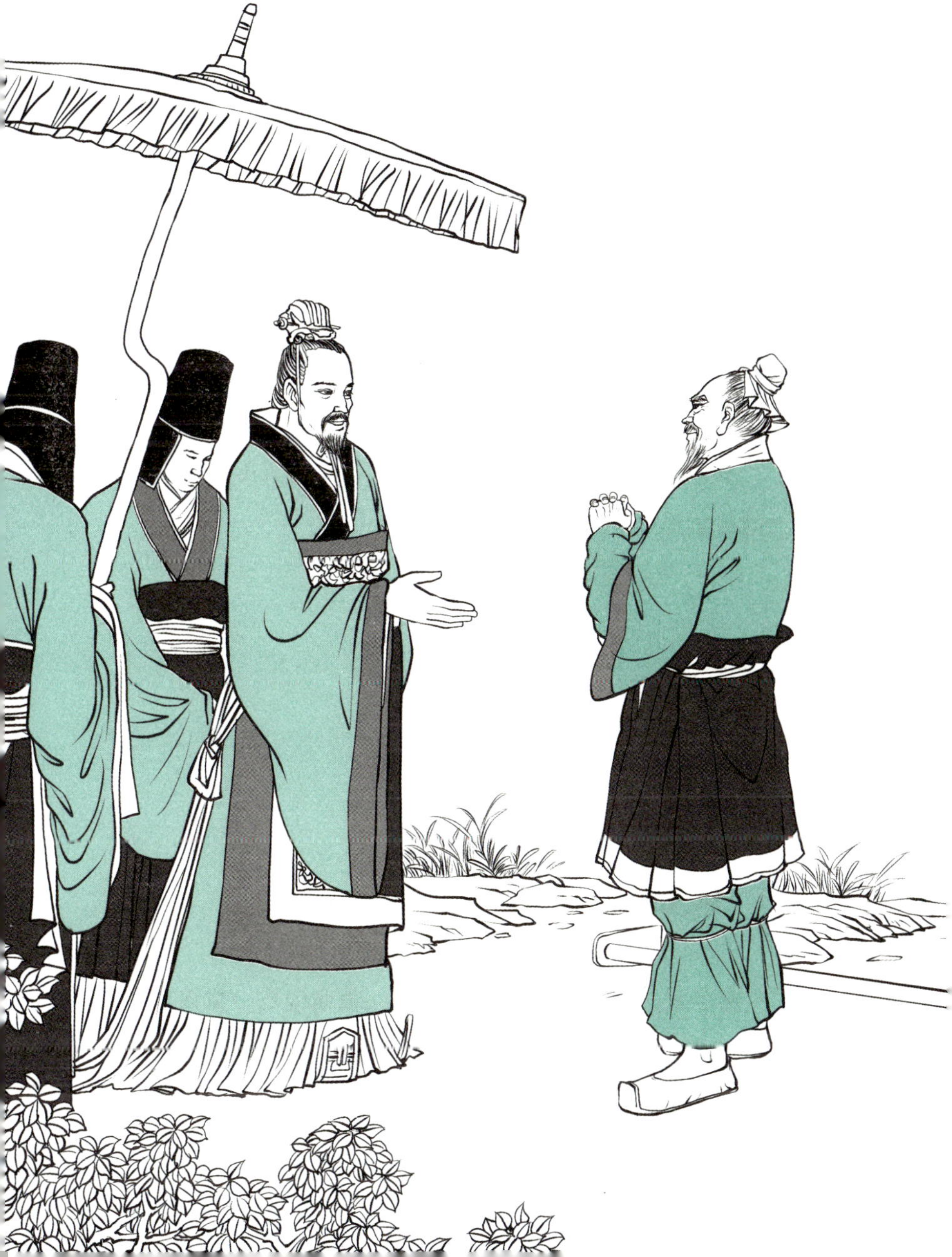

我不吃粮食，只练功喝水。并制作了一只神奇的枕头，枕头中有三十二种物品。这三十二种物品中，有二十四种东西对应二十四节气，八个玳瑁抵抗八方的邪风。我按照他的方法做，返老还童，黑头发又长了出来，牙齿掉落后又重新长了出来，一天可以行走三百里路。我今年一百八十岁了。"汉武帝接受了他的秘诀，赐给他玉器钱帛。这位老翁后来进入泰山之中。每隔十年或者五年，不时地回到乡里。三百多年后，最终没有再回来。

读后感悟

泰山老父，顺应自然，天人合一，这应该是给后人最大的启示吧。

左慈戏曹操

原文诵读

左慈字元放，庐江人也。明五经，兼通星气，见汉祚（zuò）将衰，天下乱起，乃叹曰："值此衰乱，官高者危，财多者死。当世荣华，不足贪也。"乃学道，尤明六甲，能役使鬼

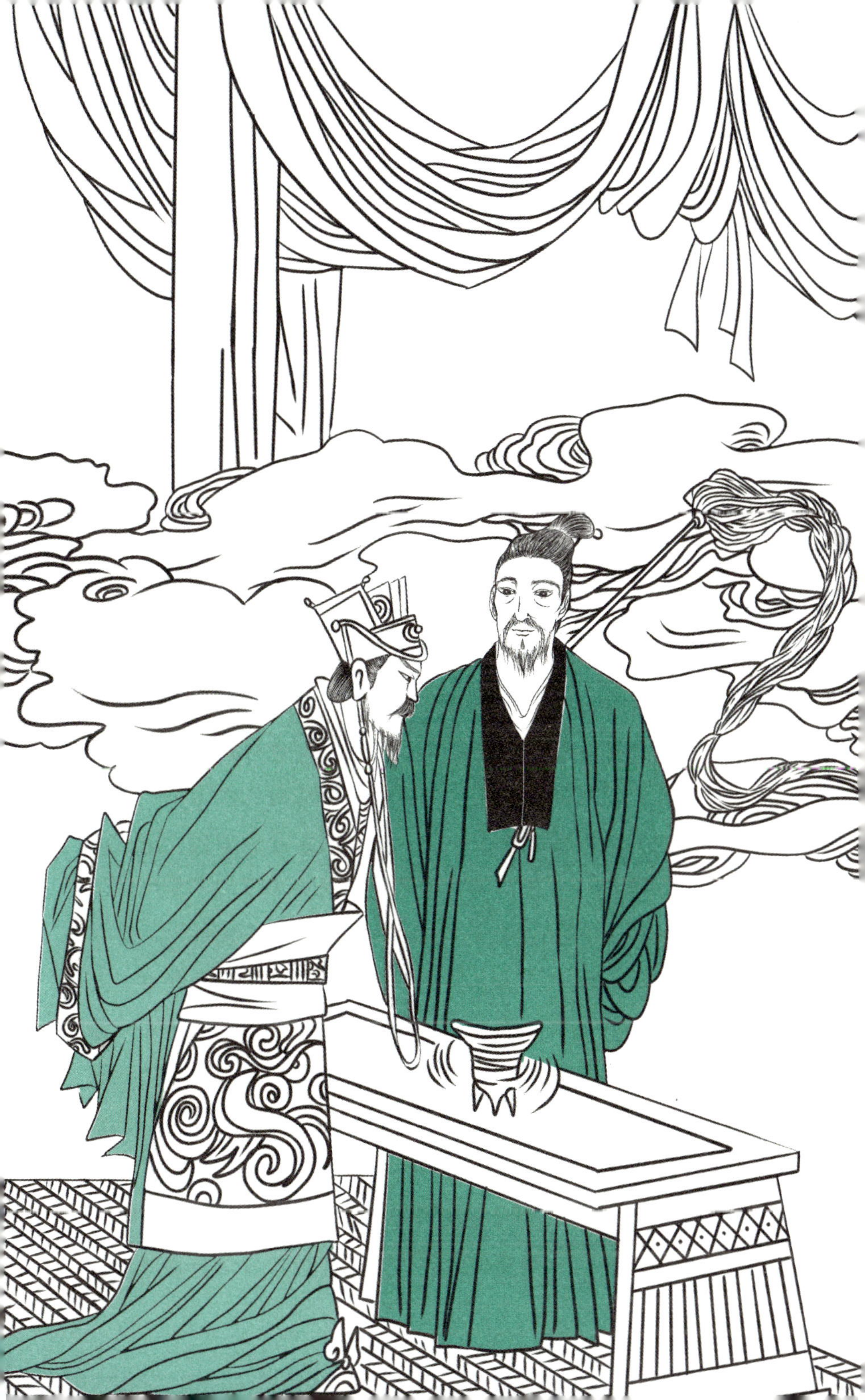

神,坐致行厨。精思于天柱山中,得石室中《九丹金液经》,能变化万端,不可胜记。魏曹公闻而召之,闭一石室中,使人守视,断谷期年,乃出之,颜色如故。曹公自谓生民无不食道,而慈乃如是,必左道也,欲杀之。慈已知,求乞骸骨。曹公曰:"何以忽尔?"对曰:"欲见杀,故求去耳。"公曰:"无有此意。"公却高其志,不苟相留也。乃为设酒,曰:"今当远旷,乞分杯饮酒。"公曰:"善。"是时天寒,温酒尚热,慈拔道簪(zān)以挠酒,须臾,道簪都尽,如人磨墨。初,公闻慈求分杯饮酒,谓当使公先饮,以与慈耳,而拔道簪以画,杯酒中断,其间相去数寸。即饮半,半与公。公不善之,未即为饮,慈乞尽自饮之。饮毕,以杯掷屋栋,杯悬摇动,似飞鸟俯仰之状,若欲落而不落,举坐莫不视杯,良久乃坠,既而已失慈矣。寻问之,还其所居。曹公遂益欲杀慈,试其能免死否。乃敕收慈,慈走入群羊中,而追者不分,乃数本羊,果余一口,乃知是慈化为羊也。追者语主人意,欲得见先生,暂还无怯也。俄而有大羊前跪而曰:"为审尔否?"吏相谓曰:"此跪羊,慈也。"欲收之。于是群羊咸向吏言曰:"为审尔否?"由是吏亦不复知慈所在,乃止。后有知慈处者,告公,公又遣吏收之,得慈。慈非不能隐,故示其神化耳。于是受执入狱。狱吏欲拷掠之,户中有一慈,户外亦有一慈,不知孰是。公闻而愈恶之,使引出市杀之。须臾,忽失慈所在,乃闭市门而索。或不识慈者,问其状,言眇一目,著青葛巾青单衣,见此人便收之。及尔,一市中人皆眇目,著葛巾青衣,卒不能分。公令普逐之,如

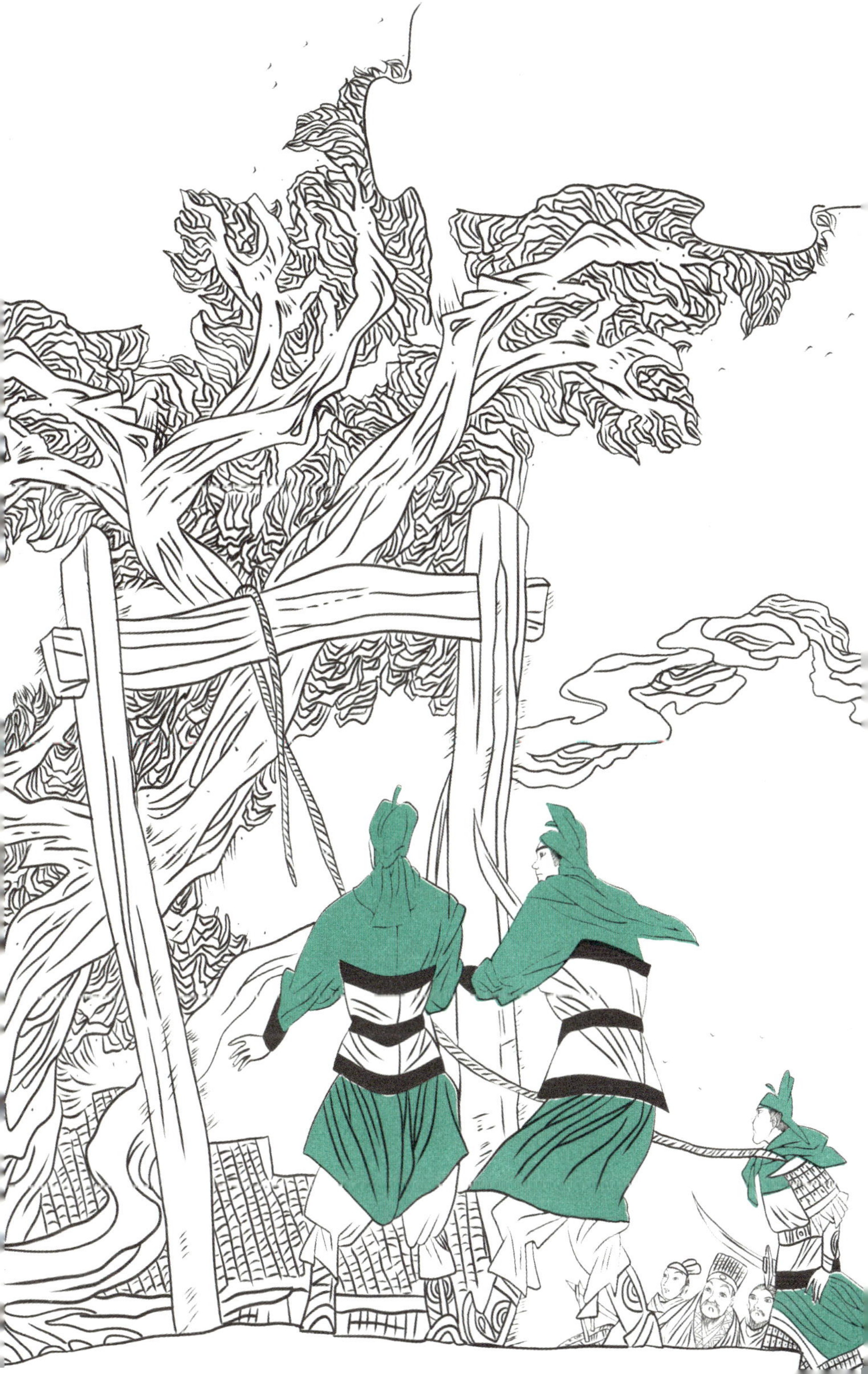

见便杀。后有人见知，便斩以献公，公大喜，及至视之，乃一束茅，验其尸，亦亡处所。

后有人从荆州来，见慈。刺史刘表，亦以慈为惑众，拟收害之。表出耀兵，慈意知欲见其术，乃徐徐去，因又诣表云："有薄礼，愿以饷军。"表曰："道人单侨，吾军人众，安能为济乎？"慈重道之，表使视之。有酒一斗，器盛，脯一束，而十人共举不胜。慈乃自出取之，以刀削脯投地，请百人奉酒及脯，以赐兵士。酒三杯，脯一片，食之如常脯味，凡万余人，皆周足，而器中酒如故，脯亦不尽，坐上又有宾客千人，皆得大醉。表乃大惊，无复害慈之意。数日，乃委表去，入东吴。

有徐堕者，有道术，居丹徒，慈过之。堕门下有宾客，牛车六七乘，欺慈云："徐公不在。"慈知客欺之，便去。客即见牛在杨树杪行，适上树即不见，下即复见行树上。又车毂(gǔ)皆生荆棘，长一尺，斫(zhuó)之不断，推之不动。客大惧，即报徐公，"有一老翁眇目，吾见其不急之人，因欺之云公不在，去后须臾，牛皆如此，不知何等意。"公曰："咄咄，此是左公过我，汝曹那得欺之，急追可及。"诸客分布逐之，及慈，罗布叩头谢之。慈意解，即遣还去。及至，车牛等各复如故。

慈见吴主孙讨逆，复欲杀之。后出游，请慈俱行，使慈行于马前，欲自后刺杀之。慈在马前，着木履，挂一竹杖，徐徐而行，讨逆着鞭策马，操兵逐之，终不能及。讨逆知其有术，乃止。后慈以意告葛仙公，言当入霍山，合九转丹，遂乃仙去。(出《神仙传》)

译文

左慈字元放,是庐江人。他通晓五经,并精通星象之学。他看到汉朝的国运就要断绝,天下将要大乱,就感叹道:"值此衰乱之时,官高的临危,财多的将死。当世的荣华富贵,不值得贪求啊!"于是去学习道术,尤其精通五行方术中的六甲,能够驱使鬼神,还能原地不动而搬运来酒食。他在天柱山中精思修炼,得到了石洞中《九丹金液经》,能够变化万般形状,多得记不下来。曹操听说后就把左慈召过来,把他关闭在一个石室里,派人把守监视,不让他吃东西,一年后才把他放出来,左慈的脸色依然如旧。曹操心想,活人没有不吃饭的,而左慈却可以做到,这一定是旁门左道,因此想要杀了他。曹操的杀心一动,左慈就已经知道,便向曹操要求准许自己还乡。曹操问道:"为什么突然要还乡呢?"左慈回答说:"你要杀我,所以要求离开。"曹操说:"我没有这个意思。"曹操尊重左慈的志向,便不再强留,于是为他摆酒送行。左慈说:"今后我们难得相见,请允许我们使用一个酒杯分着喝。"曹操说:"好。"当时天气寒冷,温酒还热,左慈从头上拔下道簪搅酒,一瞬间,道簪化尽,像人磨墨一样。当初,曹操听左慈说分杯饮酒,以为是先请自己饮,然后再给左慈饮呢,等到看见左慈用道簪划了一下,杯中的酒顿时断开,中间有几寸宽,这才明白左慈说的意思。左慈饮后,把剩下的一半递给曹操。曹操认为他不怀好意,没有马上去饮,左慈便要回酒杯,自己全部饮尽。饮酒完毕，把酒杯扔向屋中正梁。只见酒杯悬在梁下不断摇动，就像飞鸟不断地抬头低头那样，像是落下，又落不下来。满座的人没有不盯着酒杯的，过了好久酒杯才坠落下来，这时左慈早已不见踪影了。后来询问他的下落，才知道他已经回到旧居。经过此事，曹操更想杀掉左慈，想试试他到底能不能免于一死。于是，曹操命令官府逮捕左慈，左慈跑到羊群中，而追捕他的官吏再也看不见左慈的影子。于是让赶羊的数羊的只数，果然多出一只，这才肯定左慈变化成羊了。追捕的人说道，主人的意思是想见见先生，请你暂时来一趟，不要害怕！很快有一只大羊前腿跪下说："真是如此吗？"捕吏相互说道："看来这只跪着的羊，就是左慈了。"说着就要收捕。这时，一群羊全都跪下，齐说："真是如此吗？"于是捕吏又不清楚哪只羊是左慈，只好住手。后来，有人知道左慈的下落，告诉曹操，曹操又派遣捕吏去抓，终于抓到左慈。左慈并不是不能隐藏，只是有意显示自己的神通而已。于是左慈被入狱，狱吏想拷打他，屋中有一个左慈，屋外又有一个左慈，不知道哪个才是。曹操听说后更是厌恶左慈，让人押送市外杀死他。忽然之间，左慈不知所往，只好关闭市门寻找。有的人没有见过左慈，问他的外貌，说此人瞎了一只眼，戴青葛巾，穿着青色单衣。见到此人要当场逮捕。到了全市搜捕左慈的时候，全市中人都是瞎了一只眼，戴着青色葛巾、穿着青色单衣的人，士兵很难分辨。曹操命令追逐所有这些貌如左慈的人，见到便杀。后来有人认出了左慈，当场把左慈的头颅砍掉，献给了曹操。曹操大喜，等到来后打开包裹一看，原来是一束茅草，检查他的尸首,也不知道去了哪里。

　　后来有人从荆州回来,见过左慈。荆州刺史刘表,也认为左慈妖术惑众,打算逮捕他加以杀害。刘表检阅军队,有意显示军威,左慈明白他想见识自己的道术,便缓缓离开,拜见刘表,说道:"我有一份薄礼,希望能够犒劳军队。"刘表说道:"你孤身一人住在这里,我有那么多军队,怎么能慰劳得过来呢?"左慈又重说了一遍,刘表请他拿出来看看。只见有一斗酒,盛在酒缸里;有一把肉脯,十个人一起抬也抬不动。左慈自己拿起肉脯,用刀子削肉脯落到地上,请一百个人把酒和肉脯分发给士兵,每人三杯酒,一片肉脯。大家吃起来,味道如同平常吃的一样。总共有一万多人都得到了酒和肉脯,而酒缸中的酒依然满满的,肉脯也没有吃完。宴席上还有一千多宾客,个个喝得大醉。刘表大为吃惊,不再有杀害左慈的心思。几天后,左慈离开刘表,进入东吴。

　　有个叫徐堕的人,有道术,住在丹徒,左慈去拜访他。徐堕的门下有一些宾客,又有六七辆牛车。他们欺骗左慈,说:"徐公不在。"左慈知道宾客欺骗他,于是离开了。宾客们突然见到牛在杨树梢上行走,等爬上树去抓时又不看不到了,下来再看,又看见树上有牛。又发现车毂上全都长满了荆棘,长有一尺,砍不断,推不动。宾客非常害怕,立即报告给徐堕,说:"有一个瞎了一只眼的老头,我看不像是个重要的人,所以欺骗他说您不在。他走后不久,牛都变成这样,不知道怎么回事?"徐堕说:"哎呀!这是左公来拜访我,你们哪能欺骗他?赶追还能追上,请各位宾客分头追赶。"等到宾客们追上左慈,

不住地磕头道歉。左慈怒气消失，请他们回去。他们刚回到家里，牛和车都恢复了原来的样子。

　　左慈到了东吴，见到了吴主孙策，孙策也想杀了他。后来有一次出游，请左慈一起去，让左慈走在马的前面，想从后刺杀他。左慈在马前，穿着木拖鞋，肩上挂着一根竹杖，慢慢地行走。孙策策马加鞭，手执兵器，追赶左慈，最后竟然没有追上。孙策这才知道左慈有道术，不再与他为难。后来，左慈把心思告诉葛洪仙翁，说自己将进入霍山炼九转丹，终于成仙离开。

读后感悟

　　左慈身怀道术，而为世所不容。世间事多亦如是，韬光可以养晦，明哲可以保身。

杜子春

原文诵读

杜子春者，盖周隋间人。少落拓，不事家产，然以志气闲旷，纵酒闲游。资产荡尽，投于亲故，皆以不事事见弃。方冬，衣破腹空，徒行长安中，日晚未食，彷徨不知所往。于东市西门，饥寒之色可掬，仰天长吁。

有一老人策杖于前，问曰："君子何叹？"春言其心，且愤其亲戚之疏薄也，感激之气，发于颜色。老人曰："几缗（min）则丰用？"子春曰："三五万则可以活矣。"老人曰："未也。"更言之："十万。"曰："未也。"乃言"百万"。亦曰："未也。"曰："三百万。"乃曰："可矣。"于是袖出一缗曰："给子今夕，明日午时，候子于西市波斯邸，慎无后期。"及时子春往，老人果与钱三百万，不告姓名而去。

子春既富，荡心复炽，自以为终身不复羁旅也。乘肥衣轻，会酒徒，征丝管，歌舞于倡楼，不复以治生为意。一二年间，稍稍而尽，衣服车马，易贵从贱，去马而驴，去驴而徒，倏忽如初。既而复无计，自叹于市门。发声而老人到，握其手曰："君复如此，奇哉。吾将复济子。几缗方可？"子春惭不应。老人因逼之，子春愧谢而已。老人曰："明日午时，来前期处。"子春忍愧而往，得钱一千万。

未受之初，愤发，以为从此谋身治生，石季伦、猗顿小竖耳。钱既入手，心又翻然，纵适之情，又却如故。不一二年间，贫过旧日。复遇老人于故处，子春不胜其愧，掩面而走。老人牵裾(jū)止之，又曰："嗟乎拙谋也。"因与三千万，曰："此而不痊，则子贫在膏肓矣。"子春曰："吾落拓邪游，生涯馨尽，亲戚豪族，无相顾者，独此叟三给我，我何以当之？"因谓老人曰："吾得此，人间之事可以立，孤孀可以衣食，于名教复圆矣。感叟深惠，立事之后，唯叟所使。"老人曰："吾心也！子治生毕，来岁中元，见我于老君双桧(guì)下。"

子春以孤孀多寓淮南，遂转资扬州，买良田百顷，郭中起甲第，要路置邸百余间，悉召孤孀，分居第中。婚嫁甥侄，迁祔族亲，恩者煦之，仇者复之。既毕事，及期而往。

老人者方啸于二桧之阴。遂与登华山云台峰。入四十里余，见一处，室屋严洁，非常人居。彩云遥覆，惊鹤飞翔其上。有正堂，中有药炉，高九尺余，紫焰光发，灼焕窗户。玉女九人，环炉而立；青龙白虎，分据前后。

其时日将暮，老人者，不复俗衣，乃黄冠缝帔士也。持白石三丸，酒一卮(zhī)，遗子春，令速食之讫。取一虎皮，铺于内西壁，东向而坐，戒曰："慎勿语。虽尊神恶鬼夜叉、猛兽地狱；及君之亲属，为所困缚万苦，皆非真实。但当不动不语，宜安心莫惧，终无所苦。当一心念吾所言。"言讫而去。

子春视庭，唯一巨瓮，满中贮水而已。道士适去，旌旗戈甲，千乘万骑，遍满崖谷，呵叱之声，震动天地。有一人称大将军，身长丈余，人马皆着金甲，光芒射人。亲卫数百人，皆杖剑张弓，直入堂前，呵曰："汝是何人？敢不避大将军。"左

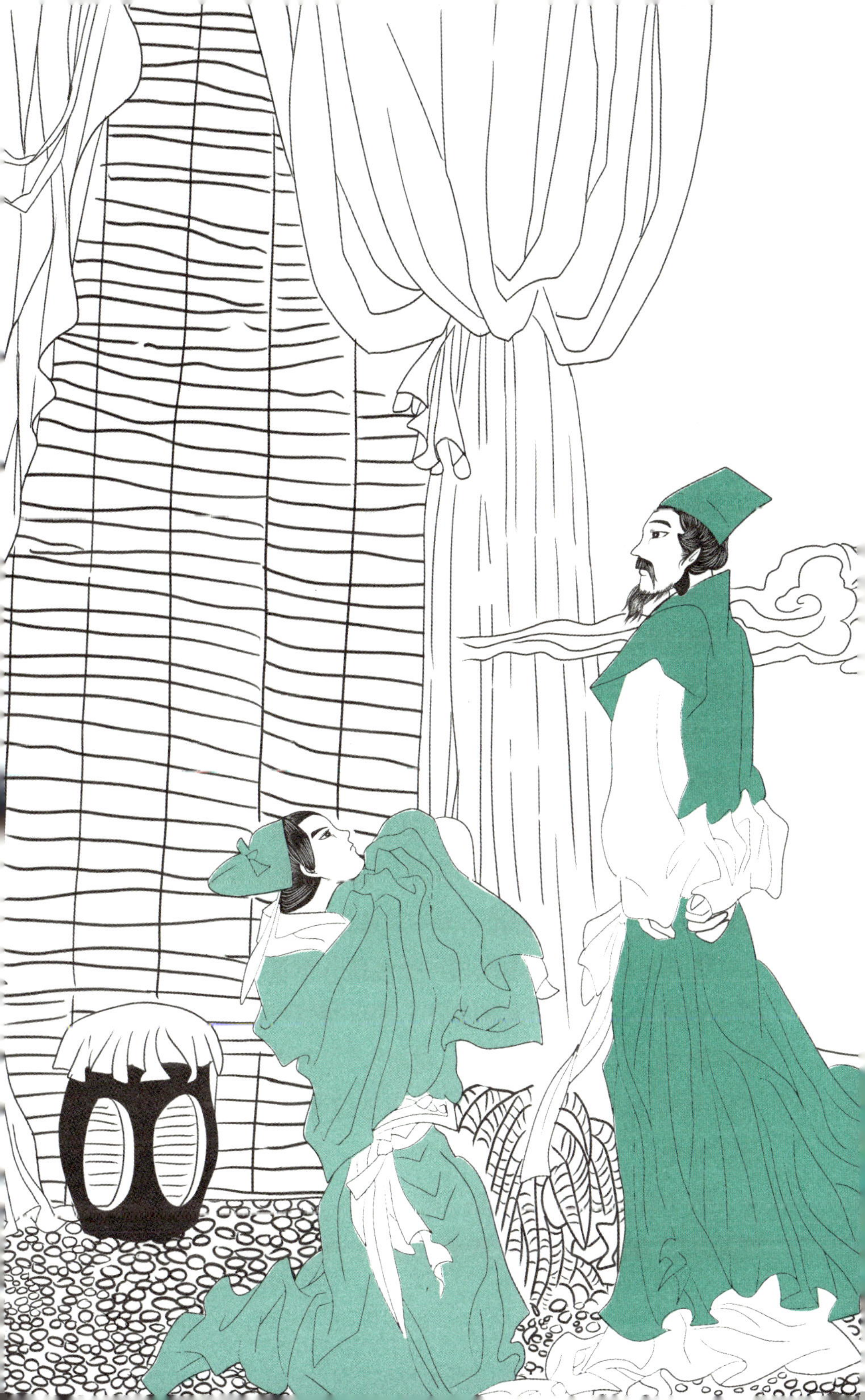

右竦(sǒng)剑而前，逼问姓名，又问作何物，皆不对。问者大怒，摧斩争射之声如雷，竟不应。将军者极怒而去。

俄而猛虎毒龙，狻猊(suān ní)狮子，蝮蝎(fù xiē)万计，哮吼拏攫而争前欲搏噬，或跳过其上，子春神色不动。有顷而散。既而大雨滂澍(pāng shù)，雷电晦暝，火轮走其左右，电光掣其前后，目不得开。须臾，庭际水深丈余，流电吼雷，势若山川开破，不可制止。瞬息之间，波及坐下，子春端坐不顾。未顷而将军者复来，引牛头狱卒，奇貌鬼神，将大镬(huò)汤而置子春前，长枪两叉，四面周匝，传命曰："肯言姓名即放，不肯言，即当心取叉置之镬中。"又不应。

因执其妻来，拽于阶下，指曰："言姓名免之。"又不应。及鞭捶流血，或射或斫，或煮或烧，苦不可忍。其妻号哭曰："诚为陋拙，有辱君子，然幸得执巾栉，奉事十余年矣。今为尊鬼所执，不胜其苦！不敢望君匍匐拜乞，但得公一言，即全性命矣。人谁无情，君乃忍惜一言？"雨泪庭中，且咒且骂，春终不顾。将军且曰："吾不能毒汝妻耶！"令取锉碓(duì)，从脚寸寸锉之。妻叫哭愈急，竟不顾之。

将军曰："此贼妖术已成，不可使久在世间。"敕左右斩之。斩讫，魂魄被领见阎罗王。曰："此乃云台峰妖民乎？捉付狱中。"于是镕铜铁杖、碓擣(dǎo)石磨、火坑镬汤、刀山剑树之苦，无不备尝。然心念道士之言，亦似可忍，竟不呻吟。

狱卒告受罪毕。王曰："此人阴贼，不合得作男，宜令作女人。"配生宋州单父县丞王劝家。生而多病，针灸药医，略无停日。亦尝坠火堕床，痛苦不齐，终不失声。俄而长大，容色绝代，而口无声，其家目为哑女。亲戚狎者，侮之万端，终不能对。同乡有进士卢圭者，闻其容而慕之，因媒氏求焉。其家以哑辞之。卢曰："苟为妻而贤，何用言矣？亦足以戒长舌之妇。"乃许之。卢生备六礼，亲迎为妻。数年，恩情甚笃，生一男，仅二岁，聪慧无敌。卢抱儿与之言，不应；多方引之，终无辞。卢大怒曰："昔贾大夫之妻鄙其夫，才不笑，然观其射雉，尚释其憾。今吾陋不及贾，而文艺非徒射雉也，而竟不言！大丈夫为妻所鄙。安用其子。"乃持两足，以头扑于石上，应手而碎，血溅数步。

子春爱生于心，忽忘其约，不觉失声云："噫……"噫声未息，身坐故处，道士者亦在其前。初五更矣，见其紫焰穿屋上，大火起四合，屋室俱焚。

道士叹曰："错大误余乃如是。"因提其发，投水瓮中，未顷火息。道士前曰："吾子之心，喜怒哀惧恶欲皆忘矣，所未臻(zhēn)者爱而已。向使子无噫声，吾之药成，子亦上仙矣。嗟乎，仙才之难得也！吾药可重炼，而子之身犹为世界所容矣，勉之哉。"遥指路使归。子春强登基观焉，其炉已坏，中有铁柱，大如臂，长数尺，道士脱衣，以刀子削之。子春既归，愧其忘誓，复自效以谢其过。行至云台峰，绝无人迹，叹恨而归。(出《续玄怪录》)

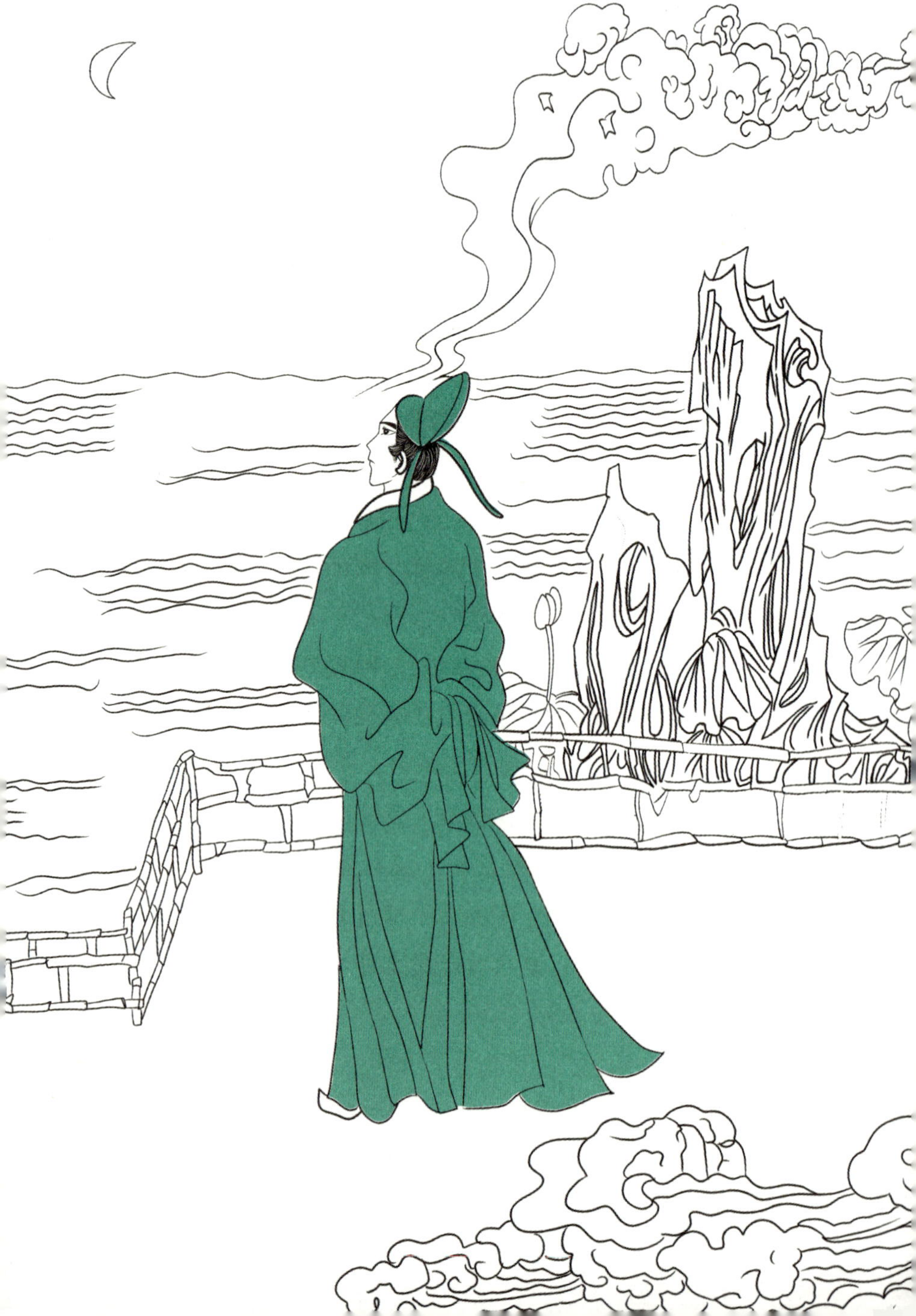

神仙

译文

杜子春,大约是南北朝时北周和隋朝之间的人,他少年时放浪不羁,不经营家业,但是心志很高,把一切看得很淡,每天纵酒闲游。把家产花光后去投奔亲友,但亲友们都认为他不是个办正事的人,拒绝收留他。当时已是冬天,他衣衫破烂、腹中无食,徒步在长安街上游荡,天快黑了,还没吃着饭,徘徊着不知该去哪里。他从东街走到西街,饥寒交迫、孤苦无靠,不由得仰天长叹。

有位老人挂着拐杖来到他面前,问他为什么叹息,杜子春就说了他的处境和心情,怨恨亲友们对他如此无情无义,越说越愤慨,十分激动。老人问他:"你需要多少钱就能够花用呢?"杜子春说:"我若有三五万钱就可以维持生活了。"老人说:"不够吧,你再多说一些!""十万。"老人说:"还不够吧!"杜子春就说:"那么,一百万足够了。"老人还说不够。杜子春说:"那就三百万。"老人说:"这还差不多。"老人就从袖子里掏出一串钱说:"今晚先给你这些,明天中午我在西街的波斯府宅等你,千万不要来晚了。"第二天中午,杜子春如期前往,老人果然给了他三百万钱,没留姓名就走了。

杜子春有了这么多钱,就又浪荡起来,自己认为有这么多钱,一生也不会受穷了。从此他乘肥马穿轻裘,每天和朋友们狂饮,叫来乐队给他奏乐开心,到花街柳巷鬼混,不把以后的生计放在心上。一二年的工夫就把老人给他的钱挥霍个精光,

只好穿着很便宜的衣服，把马换成驴，后来驴也没有，只好徒步，转眼间又像他刚到长安时那样，成了个穷光蛋。穷途末路，无可奈何，又仰天长叹起来。刚一长叹，那位老人就出现在他面前，拉着他的手说："你怎么又弄到这个地步了？真怪。没关系，我还要帮助你，你说吧，要多少钱？"杜子春羞愧难当，不好意思开口。老人再三逼问，杜子春只是惭愧地赔礼。老人说："明天中午，你还到从前我约见你的地方去吧。"第二天，杜子春很羞愧地去了，老人这次给了他一千万。

　　杜子春没接钱就再三表决心，说这次一定要奋发向上，置办家业，今后要成为大富翁，让石崇、猗顿这些古时候的大富翁和他相比，都算个小角色。老人就把钱给了他。钱一到手，杜子春的心又变了，又开始挥霍无度、花天酒地了。不到一二年间，又是两手空空，比上次还惨。这时，他在长安街上遇到老人的地方又是见到了老人，由于太羞愧，就用手捂上脸躲开了老人。老人却一把抓住他的衣服说："你能躲到哪里去？这是最笨的办法。"然后又给了他三千万钱，说："这次你要还不改过自新，你就永远受穷吧！"杜子春心想，自己放荡挥霍，最后弄得身上一文莫名，亲戚朋友中有的是豪富的人，但谁也不理睬我，唯独这位老人三次给我巨款，我该怎样做才对得起他呢？想到这里他就对老人说："我得到你这三次教训，应该能够在人世上自立了。我不但今后要自立，还要周济天下孤儿寡母，以此来挽回我失去的名誉和教化。我深深感激你老人家对我的恩惠，就是将来我干成一番事业也完全是因为你对我的教诲和资助。"老人说："这正是我对你的期望啊！你有了成就以后，明年七月十五中元节时，你在老君庙前那两棵桧树下等我吧。"

杜子春知道孤儿寡母大多流落在淮南，就来到扬州，买了一百顷良田，在城中盖了府宅，在重要的路口建了一百多间房子，遍召孤儿寡母分住在各个府宅里。对于他自己家族里的亲戚，不分近亲和远亲，过去对他有恩的都给以报答，有仇的也进行了报复。完成了自己的心愿后，杜子春按期来到了老君庙前，见那老人正在桧树下吹口哨唱歌。见到杜子春后，就领他登上华山云台峰。进山四十多里后来到一个地方，见到一幢高大严整的房舍，看样子不是凡人住的。仙鹤绕屋顶飞翔，彩云在上空缭绕。屋子的正堂中间有一个九尺多的炼丹药的炉子，炉内紫光闪耀，映亮了门窗。有九个玉女环绕着炉子侍立着，炉子前后有青龙、白虎看守着。

这时天快黑了，再看那老人，身上穿的已不是凡间的衣服，而是穿着黄道袍、戴着黄道冠的仙师了。仙师拿了三个白石丸和一杯酒给了杜子春，让他赶快吃下去。又拿了一张虎皮铺在内屋西墙下，面朝东坐下，告诫杜子道春道："你千万不要出声。这里出现的大神、恶鬼、夜叉或者地狱、猛兽，以及你的亲属们被绑着受刑遭罪，这一切都不是真事。你不论看见什么惨状，都不要动不要说话，安心别害怕，那就绝不会对你有什么影响，千万要想着我这些嘱咐！"说完就离开了。

杜子春看到院里只有一个大水缸，水缸里装满了水。道士刚走，旌旗兵甲，只见千军万马布满山谷，人喊马叫，震天动地。有一个人自称大将军，身高一丈多，本人和他的马都披着金色铠甲,光芒照耀,直逼人眼。将军的卫士就有几百人,都举着剑张着弓,一直来到屋前,呵斥杜子春说:"你是什么人?大将军到了怎么竟不回避!"有些卫士还用剑逼着杜子春问他的姓名,还问他在做什么,他都一声也不吭。见他不出声,卫士们大怒,一声声喊叫着要杀了他、射死他!杜子春仍是不出声,那个大将军只好怒气冲冲地离开了。

过了片刻,又来了一群群的猛虎毒龙、狮子蝮蛇和毒蝎,争先恐后地扑向杜子春,要撕碎他、吞食他,有的还在他头顶跳来跳去,张牙舞爪,杜子春仍是不动声色,过了一会儿,这些毒蛇猛兽也都散去了。这时突然大雨滂沱、雷电交加,天昏地暗,伸手不见五指,不一会儿,又有大火轮燃烧着在他左右滚动,光在他身前身后闪耀,亮得眼都睁不开。片刻之间,院子里水深一丈多,空中雷声隆隆、电光闪闪,像要让山峰崩塌、河水倒流,其势不可挡。一眨眼的工夫,滚滚的浪涛涌到杜子春的座位前,他仍是端端正正坐着,连眼皮也不眨一下。接着那位大将军又来了,领着一群地狱中的牛头马面和狰狞的厉鬼,将一口装满滚开的水的大锅放在杜子春面前,鬼怪们手执长矛和两股铁叉,命令道:"说出你的姓名,就放了你,如果不说,就把你放在锅煮!"杜子春又不回答。

这时鬼怪们又把他的妻子抓来,绑在台阶下,指着他妻子向杜子春说:"说出你的姓名,就放了她。"杜子春还是不作声。于是鬼怪们鞭打他的妻子,用刀砍她,用箭射她,一会儿烧,一会儿煮,百般折磨,惨不忍睹。他妻子苦不堪忍,就向杜子春哭号道:"我虽然又丑又笨,配不上你,但我毕竟给你作了十几年妻子了。现在我被鬼抓来这样折磨,我实在受不了啦!我不敢指望你向他们跪伏求情,只希望你说一句话,我就能活命了。人谁能无情,丈夫你就忍心不出声,让我继续受折磨吗?"他妻子边哭边喊,又咒又骂,杜子春始终不理不睬。那位大将军也说:"我难道没有更毒辣的手段对付你老婆吗!"说着命令抬来了锉碓,从脚上开始一寸寸地锉他的妻子。妻子哭声越来越高,杜子春还是连看也不看。

大将军说:"这个家伙有妖术,不能让他在世上久留!"于是命令左右把杜子春斩了,再把他的魂魄带着去见阎王。阎王说:"这不是云台峰的那个妖民吗?给我把他打入地狱里去!"于是杜子春受尽了下油锅、入石磨、进火坑、上刀山所有的地狱酷刑。然而由于他心里牢记着那位仙师的叮嘱,咬着牙都挺过来了,连叫都不叫一声。

后来,地狱的鬼卒向阎王报告,说所有的刑罚都给杜子春用完了。阎王说:"这个家伙阴险毒恶,不该让他当男人,下辈子让他做女人!"于是让杜子春投胎转世到宋州单父县的县丞王劝家。杜子春转世为女子,一生下来就多病,扎针吃药一天没断过,还掉进火里、摔到床下,受了无数的苦,但杜子春始终不出声。转眼间,杜子春长成了一个容貌绝代的女子,但就是不说话,县丞王劝的全家都认为她是个哑女。有些人对她百般调戏侮辱,杜子春总是一声不吭。县丞的同乡有个考中了进士的人叫卢生,听说县丞的女儿容貌很美,就很倾慕,就求媒人去县丞家提媒。县丞家借口是哑女,把媒人推辞了。卢生说:"妻子只要贤惠就好,不会说话又有什么关系呢?正好给那些长舌妇作个榜样。"县丞就答应了婚事,卢生按照规矩施行了六礼,和杜子春办了婚事。两个人过了几年,感情非常好,生了一个男孩,男孩才两岁,就十分聪明。卢生抱着孩子和她说话,她不吭声,想尽办法逗她,她也不说话。卢生大怒说:"古时贾大夫的妻子瞧不起他,始终不笑,但后来妻子看见贾大夫射了山鸡,也就对他无憾了。我虽然地位不如贾大夫,但我的才学不比会射山鸡强百倍吗?可是你却不屑于跟我说话!大丈夫被妻子瞧不起,还要她的儿子做什么!"说着就抓起男孩的两腿扔了出去,孩子的头摔在石头上,顿时脑浆迸裂,鲜血溅出好几步远。

　　杜子春爱子心切,一时间忘了仙师的嘱咐,不觉失声喊道:"啊呀……"声还没落,发现他自己又坐在云台峰的那间道观中,他的仙师也在面前。这时是黎明时分,突然紫色的火焰蹿上了屋梁,转眼间,烈火熊熊,把屋子烧毁了。

　　仙师说:"你这小子可把我坑苦了!"就提着杜子春的头发扔进水瓮里,火立刻就灭了。仙师说:"在你的心里,喜、怒、哀、惧、恶、欲都忘掉了,只有爱你还没忘记。先前卢生摔你孩子时你若不出声,我的仙丹就能炼成,你也就能成为上仙了。可叹啊,仙才真是太难得了!我的仙丹可以再炼,但你却还得回到人间去,以后继续勤奋地修道吧!"远远地给他指了路让他回去。临走时,他登上烧毁的房基,看见那炼丹炉已坏了,当中有个铁柱子,有手臂那么粗,好几尺长,那仙师正脱了衣服,用刀子削那铁柱子。杜子春回到家后,非常悔恨他当初忘了对仙师发的誓,想回去找到仙师为他效力以补偿自己的过失。他来到云台峰,什么也没找到,只好怀着惋惜悔恨的心情回去了。

读后感悟

杜子春不能隐忍忘情,终于无缘仙道。

张老

原文诵读

张老者,扬州六合县园叟也。其邻有韦恕者,梁天监中,自扬州曹掾(yuàn)秩满而来。有长女既笄,召里中媒媪(ǎo),令访良婿。张老闻之喜,而候媒于韦门。媪出,张老固延入,且备酒食。酒阑,谓媪曰:"闻韦氏有女将适人,求良才于媪,有之乎?"曰:"然。"曰:"某诚衰迈,灌园之业,亦可衣食。幸为求之,事成厚谢。"媪大骂而去。

他日又邀媪,媪曰:"叟何不自度,岂有衣冠子女,肯嫁园叟耶?此家诚贫,士大夫家之敌者不少,顾叟非匹。吾安能为叟一杯酒,乃取辱于韦氏?"叟固曰:"强为吾言之,言不从,即吾命也。"媪不得已,冒责而入言之。韦氏大怒

曰："媪以我贫，轻我乃如是？且韦家焉有此事。况园叟何人，敢发此议！叟固不足责，媪何无别之甚耶？"媪曰："诚非所宜言，为叟所逼，不得不达其意。"韦怒曰："为吾报之，今日内得五百缗则可。"媪出，以告张老。乃曰："诺。"

未几，车载纳于韦氏。诸韦大惊曰："前言戏之耳，且此翁为园，何以致此，吾度其必无而言之。今不移时而钱到，当如之何？"乃使人潜候其女，女亦不恨，乃曰："此固命乎。"遂许焉。张老既娶韦氏，园业不废，负秽钁（jué）地，鬻（yù）蔬不辍。其妻躬执爨（cuàn）濯，了无怍色，亲戚恶之，亦不能止。数年，中外之有识者责恕曰："君家诚贫，乡里岂无贫子弟，奈何以女妻园叟？既弃之，何不令远去也？"他日恕致酒，召女及张老。酒酣，微露其意。张老起曰："所以不即去者，恐有留念。今既相厌，去亦何难。某王屋山下有一小庄，明旦且归耳。"天将曙，来别韦氏："他岁相思，可令大兄往天坛山南相访。"遂令妻骑驴戴笠，张老策杖相随而去。绝无消息。

后数年，恕念其女，以为蓬头垢面，不可识也，令其男义方访之。到天坛南，适遇一昆仑奴，驾黄牛耕田，问曰："此有张老家庄否？"昆仑投杖拜曰："大郎子何久不来？庄去此甚近，某当前引。"遂与俱东去。初上一山，山下有水，过水连绵凡十余处，景色渐异，不与人间同。忽下一山，其水北朱户甲第，楼阁参差，花木繁荣，烟云鲜媚，鸾鹤孔雀，徊翔其间，歌管廖亮耳目。昆仑指曰："此张家庄也。"韦惊骇莫测。俄而及门，门有紫衣人吏，拜引入厅中。铺

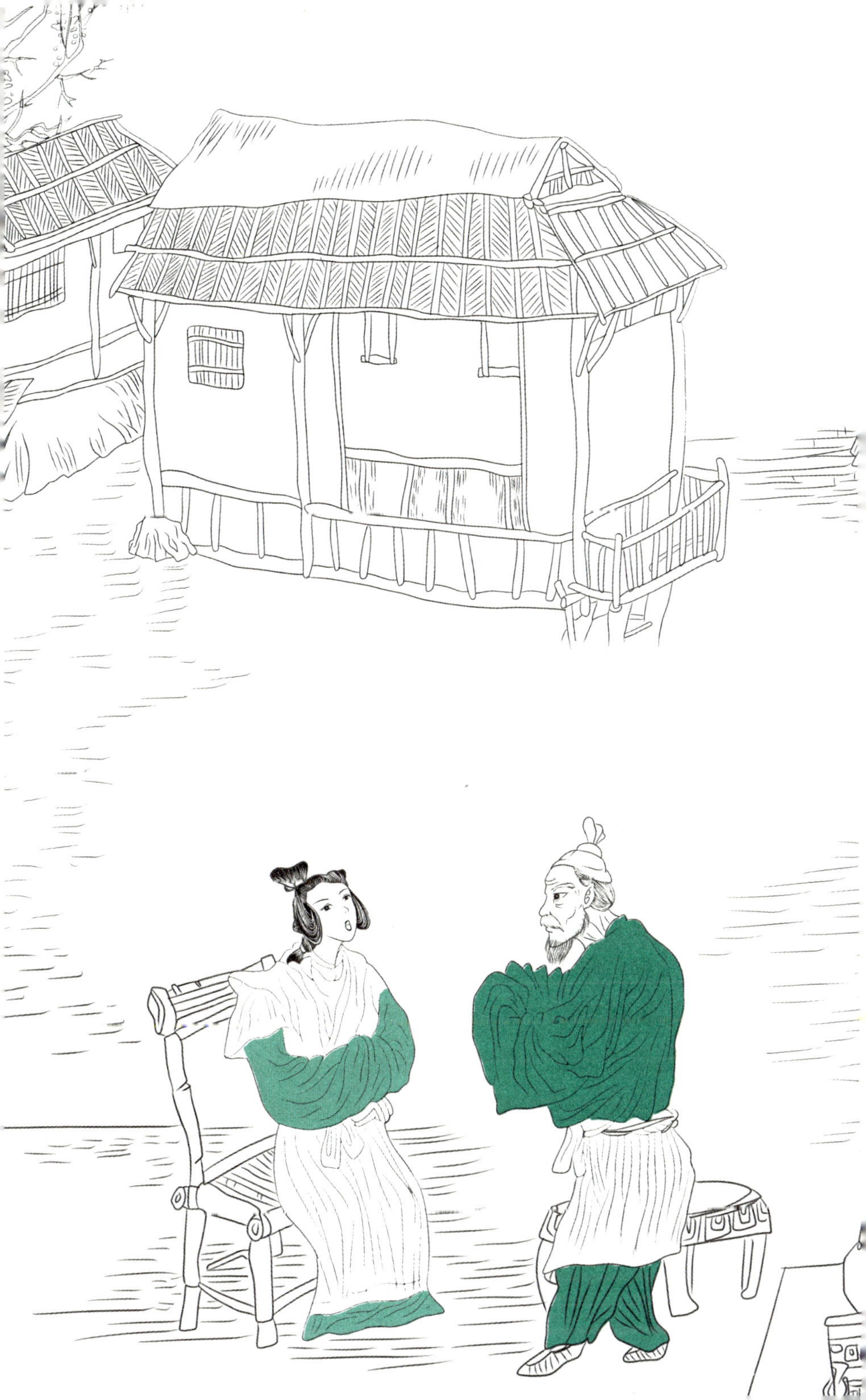

陈之华，目所未睹，异香氤氲，遍满崖谷。忽闻珠珮之声渐近，二青衣出曰："阿郎来此。"次见十数青衣，容色绝代，相对而行，若有所引。

俄见一人，戴远游冠，衣朱绡，曳朱履，徐出门。一青衣引韦前拜。仪状伟然，容色芳嫩，细视之，乃张老也。言曰："人世劳苦，若在火中，身未清凉，愁焰又炽，而无斯须泰时。兄久客寄，何以自娱？贤妹略梳头，即当奉见。"因揖令坐。未几，一青衣来曰："娘子已梳头毕。"遂引入，见妹于堂前。其堂沉香为梁，玳瑁帖门，碧玉窗，珍珠箔，阶砌皆冷滑碧色，不辨其物。其妹服饰之盛，世间未见。略叙寒暄，问尊长而已，意甚鲁莽。有顷进馔，精美芳馨，不可名状。食讫，馆韦于内厅。明日方曙，张老与韦生坐，忽有一青衣，附耳而语。长老笑曰："宅中有客。安得暮归？"因曰："小妹暂欲游蓬莱山，贤妹亦当去，然未暮即归。兄但憩此。"张老揖而入。

俄而五云起于庭中，鸾凤飞翔，丝竹并作，张老及妹，各乘一凤，余从乘鹤者十数人，渐上空中，正东而去，望之已没，犹隐隐闻音乐之声。韦君在后，小青衣供侍甚谨。迨(dài)暮，稍闻笙篁之音，倏忽复到。及下于庭，张老与妻见韦曰："独居大寂寞，然此地神仙之府，非俗人得游。以兄宿命，合得到此，然亦不可久居，明日当奉别耳。"及时，妹复出别兄，殷勤传语父母而已。张老曰："人世遐远，不及作书，奉金二十镒(yì)。"并与一故席帽曰："兄若无钱，可于扬州北邸卖药王老家，取一千万，持此为信。"遂别，复令

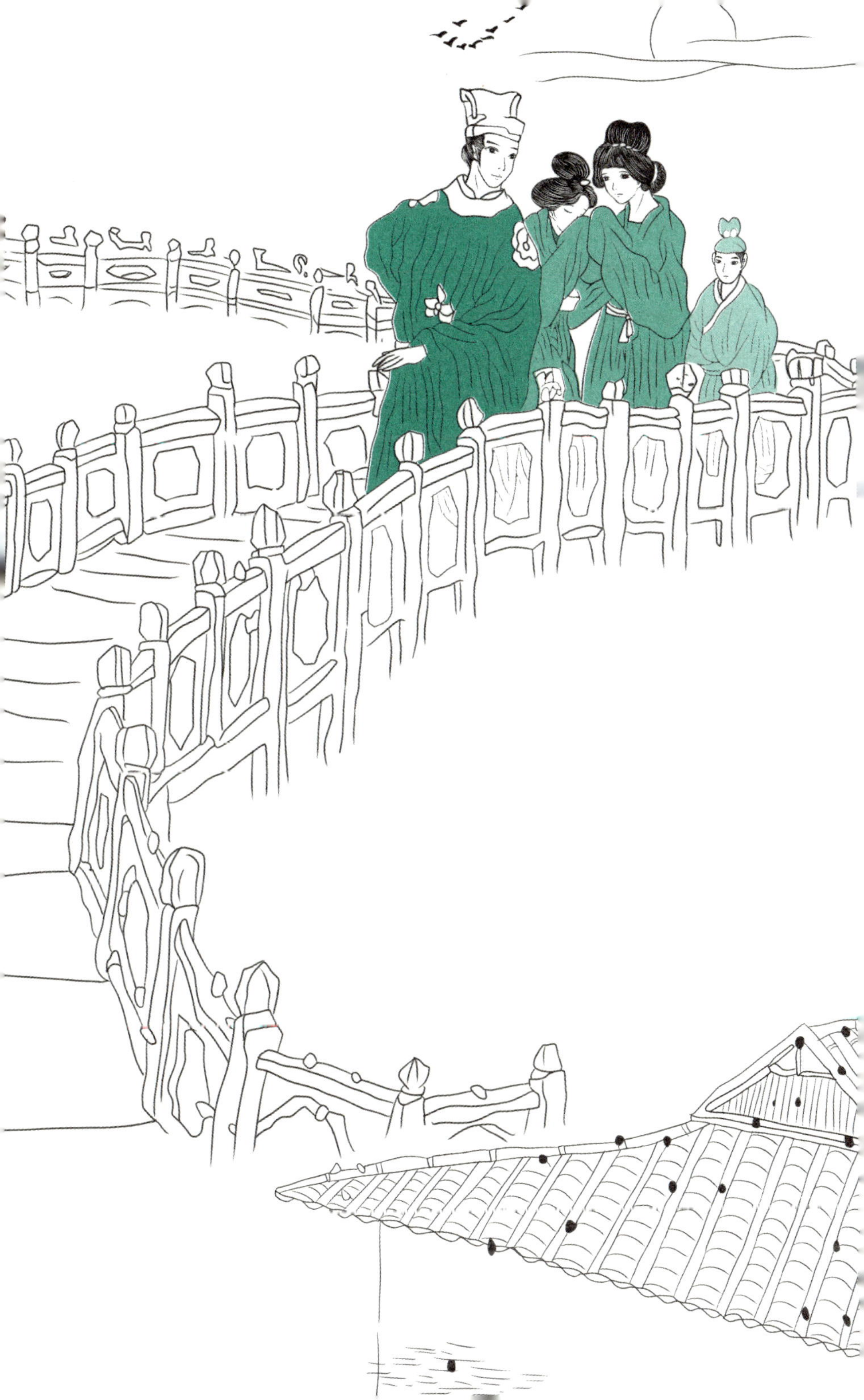

昆仑奴送出。

却到天坛，昆仑奴拜别而去。韦自荷金而归，其家惊讶。问之，或以为神仙，或以为妖妄，不知所谓。五六年间金尽，欲取王老钱，复疑其妄。或曰："取尔许钱，不持一字，此帽安足信？"既而困极，其家强逼之曰："必不得钱，亦何伤？"乃往扬州。入北邸，而王老者方当肆陈药。韦前曰："叟何姓？"曰："姓王。"韦曰："张老令取钱一千万，持此帽为信。"王曰："钱即实有，席帽是乎？"韦曰："叟可验之，岂不识耶？"王老未语，有小女出青布帏中曰："张老常过，令缝帽顶，其时无皂线，以红线缝之。线色手踪，皆可自验。"因取看之，果是也。遂得载钱而归，乃信真神仙也。其家又思女，复遣义方往天坛南寻之。到即千山万水，不复有路。时逢樵人，亦无知张老庄者，悲思浩然而归。举家以为仙俗路殊，无相见期。又寻王老，亦去矣。后数年，义方偶游扬州，闲行北邸前，忽见张家昆仑奴前曰："大郎家中何如？娘子虽不得归，如日侍左右，家中事无巨细，莫不知之。"因出怀金十斤以奉曰："娘子令送与大郎君，阿郎与王老会饮于此酒家，大郎且坐，昆仑当入报。"义方坐于酒旗下，日暮不见出，乃入观之，饮者满坐，坐上并无二老，亦无昆仑。取金视之，乃真金也，惊叹而归。又以供数年之食，后不复知张老所在。（出《续玄怪录》）

译文

张老,是江苏扬州六合县的一个种菜园子的老头。他有个叫韦恕的邻居,梁武帝天监年间在扬州当曹掾,任满后回到六合县。韦恕的大女儿到了出嫁的年龄了,召集来了乡里的媒婆,请她们给女儿选个好女婿。张老听说后非常高兴,就跑到韦恕家门口等媒人。媒婆走出韦家以后,张老就把她请到自己家里好酒好菜盛情招待。饮酒半醉时,张老就对媒婆说:"我听说韦恕家有女儿要出嫁,请你找良婿,有这事吗?"媒婆说有这事。张老说:"我虽然年老体衰了,但我种菜园子还能够保证丰衣足食。请你替我到韦家作媒,如果能办成,我会重谢你的。"媒婆听后,把张老大骂一通走了。

过了几天,张老又约请媒婆,媒婆说:"你这个老头怎么这样不自量,哪有当官的人家的女子愿意嫁给一个种菜园的老头子的?韦家是穷了点儿,但一些做官人家上门求婚的却不在少数,我看哪个都比你强得多。我怎么能为你的一杯酒而到韦家去找骂呢?"张老仍坚持求媒婆说:"求你勉强替我到韦家提一提吧,他们不同意我的求婚,我也就认命了。"媒婆经不住张老苦求,冒着挨骂的风险就去韦家提了,韦恕一听果然大怒说:"你这个媒婆看我贫困,就敢这样小看我吗?我们韦家从来没有过这种事!那种园子的老东西竟敢动这种念头,太不自量了!那老头我不屑于去骂他,可是你难道就不会掂一掂这事的分量吗?"媒婆赶忙赔罪说:"这事的确不像话,但我实在是架不住张老苦求,逼得我没法子,才不得不来传达他的意思。"

韦恕气冲冲地说:"你替我回复他,如果他一天之内给我送来五百吊钱,我就把女儿嫁给他!"媒婆就告诉了张老。张老说:"行。"

不一会儿,张老就用车拉着钱来到韦家。韦恕的族人们大惊说:"先前说的是玩笑话,况且他只是个种菜的老头,哪里会有这么多钱。现在他这么快就把钱送来了,该怎么办呢?"就让人偷偷问女儿,女儿竟同意了,并说:"这本来就是命吧。"韦恕只好把女儿嫁给了张老。张老娶了韦氏后,继续种菜园,挑粪锄草,每天卖菜。韦氏天天做饭洗衣,一点也不怕别人笑话,亲戚们虽然讨厌她、疏远她,她仍然一如既往。过了几年,韦氏家族内外的一些有识之士责备韦恕说:"你们家虽然贫困,但乡里有的是贫家子弟,何必把女儿嫁给一个种菜的老头子呢?既然你把女儿嫁出去不要了,不如干脆让她到远处去呢?"过了几天,韦恕备了酒饭把女儿和张老叫到家里,在喝到半醉时,韦恕微微透露想让他们搬到远处去的意思。张老听后站起来说:"我们婚后没有马上到远处,是怕你想念。现在既然讨厌我们,我们就搬走吧,这没有什么困难。我在王屋山下有个小庄园,明天我们就回到那儿去。"第二天黎明时,张老到韦恕家辞行,并对韦恕说:"以后如果想念你女儿,可以让大哥到天坛山南找我们。"然后让韦氏戴上竹笠、骑上驴子,张老挂着拐杖赶着驴一同离开了。这一走,就再也没有消息。

过了几年,韦恕想念女儿,以为她跟着张老在山里过苦日子,一定会蓬头垢面,再见面怕都认不出来了,就让他的儿子韦义方去找。韦义方来到天坛山南,正好遇见一个昆仑奴在赶着黄牛耕田,就问道:"这里有一个张老家的庄园吗?"那昆仑奴立刻扔下鞭子跪拜说:"大少爷怎么这么久都不来啊?庄园离这很近,我给您带路。"说罢,领着韦义方往东走。一开始上了一座山,山下有河,过了河,经过了连绵不断的十几个庄园,景色渐渐变了,和人间大不相同。然后又下了一座山,在山下的河北岸下有一座大红门的府宅,宅中楼阁林立,花木繁茂,彩云缭绕,有很多凤凰、仙鹤和孔雀在楼阁间飞翔,从里面传出动听的歌声和音乐。昆仑奴指着府宅说:"这就是张家庄园。"韦义方又惊又怕,不知道是怎么回事。不一会儿,来到府宅门前,门前有个穿紫袍的官员领着韦义方进了一个大厅。大厅里陈设十分华丽,韦义方从来没见过,阵阵特殊的香味飘满了山谷。忽然听到女子走路时珠珮摇动的声音,两个穿青衣的女子走来说:"大少爷到了!"接着又有十几个穿青衣的美貌女子一对对地走出来,好像在引导什么贵人。

然后就看见一个人戴着远游冠,穿着大红官袍,脚穿红靴子,慢慢走出门来。一个青衣女子领着韦义方上前拜见。韦义方见这人容貌十分英俊,仪表堂堂,再仔细一看,竟是张老。张老对韦义方说:"人世间辛苦劳累,如在水火之中,没有一刻消闲,再加上总被忧愁烦恼所纠缠,就更没有太平的时候了。大哥你长期在人世客居,又有什么乐趣呢?你的妹妹正在梳头,马上就来拜见你。"张老让韦义方稍坐片刻。不一会儿,一个青衣女子来报说娘子已梳完头了,就把韦义方领到了后厅。韦义方见妹妹的屋子是以沉香木做房梁,用玳瑁做门,碧玉做窗,珍珠做帘,门前台阶也是又凉又滑的绿色石头铺成,不知道是什么东西。再看妹妹的服饰十分华贵,世上从未见过。韦义方见到妹妹后,互相问候了几句,又问家里长辈的安康,觉得挺有隔膜。不一会儿摆上酒宴,美味佳肴精美芳香,好得没法形容。饭后,韦义方被安排到内厅住宿。第二天天刚亮时,张老来看韦义方,和他共坐闲谈,忽然有一个侍女走来,附在张老耳边说了几句话。张老笑道:"我府里有客,怎么能晚回来呢?"于是对韦义方说:"我的小妹想去蓬莱仙山游玩,你妹妹也要去,天不黑就会回来的。大哥你可以在这里休息。"张老向韦义方作了个揖,就走到里面去了。

　　片刻间,五色彩云弥漫在庭院里,鸾凤飞翔,音乐阵阵,张老和妻子韦氏各自乘着一只凤,还有十几个骑仙鹤的随从,渐渐升空向东飞去,已经看不见了,还隐隐约约听到音乐声。韦义方在后厅住着,小侍女照顾得很周到。等到傍晚时,听到远处有音乐声,转眼间张老和妻子已回到前厅,两人一同见过韦义方后说:"把你一个人留在府里,一定觉得寂寞吧?然而这里是神仙的府第,世间的俗人是不能来的。虽然大哥你命中该到这来一次,但也不能久留,明天你就该辞别了。"第二天,张老的妻子来和哥哥告别,再三请哥哥回家后替她问候父母。张老对韦义方说:"人世遥远,我也来不及写信了,请你捎回去二十镒金子吧。"又给了韦义方一个旧草帽说:"大哥今后如果缺钱用,可以到扬州北城卖药的王老家府上去取一千万钱,这个旧草帽就是凭证。"于是双方告别,张老又让昆仑奴送他出山来。

　　送到天坛后,昆仑奴行礼告别离开。韦义方自己背着金子回到家后，家人十分惊讶，有的说张老是神仙，有的说他是妖魔，不知道究竟是怎么回事。五六年后，带回的金子用光了，就打算到卖药的王老那儿去取钱，但又怀疑当初张老骗他，取那么多钱，连个字据都没有，一顶旧草帽怎么能作为凭据呢？后来家里太困难了，家里人就逼着韦义方去王老那儿试试，说就是取不来钱也没有损失什么。韦义方就去了扬州，到了北城的馆舍，见王老正在街上卖药。韦义方上前说："老人家贵姓？"回答说姓王。韦义方说："张老让我来取一千万钱，他说把这个草帽给你就行。"王老说："钱倒是有，不知帽子对不对头？"韦义方说："您老人家可以验一验草帽，难道你还不认识它吗？"王老没说话。这时有一个少女掀开青布帘走出来说："张老有一次到这里来，让我给他缝帽子，当时没有黑线，就用红线缝上了。线的颜色和缝的针脚，我都能认出来。"说完把草帽拿过来看，果然是张老的草帽，于是给了钱。韦义方把钱用车拉回家，全家这才相信张老真是神仙。后来韦家人又想念女儿，打发韦义方又到天坛山南去找。韦义方到了以后，只见千山万水，再也找不到他走过的路。碰见打柴的人，韦义方打听，也不知道张老的庄园，韦义方心里又难受又思念，只好回来了。又去找王老，王老也不在了。几年后，韦义方偶然到扬州去，在北城馆舍一带闲逛，忽然遇见了张老家的昆仑奴。昆仑奴迎上前来说："大少爷家这些年还好吗？我家娘子虽然不能回去，但就像她天天在娘家侍奉父母一样，家里的大事小情她都一清二楚。"说着从怀里掏出十斤金子交给韦义方说："娘子让我把这金子送给您。我家主人现在正和王老在这个酒馆里

喝酒，请大少爷稍坐片刻，我进去禀报。"韦义方坐在酒店外的酒旗下，一直等到天黑也不见张老出来，就进酒馆里去找，只见酒客满座，却根本没有张老和王老，也不见昆仑奴。韦义方拿出金子来看，金子倒是真的，又惊讶又感叹地回家了。昆仑奴送来的金子又供韦家用了好几年。后来，就不再知道张老在什么地方了。

读后感悟

韦恕不识仙家道术，更不识得仙家真人。张老辗转娶妻韦氏，实是以道渡之。

孙思邈

原文诵读

孙思邈,雍州华原人也。七岁就学,日诵千余言。弱冠,善谈庄老及百家之说,亦好释典。洛阳总管独孤信,见而叹曰:"此圣童也,但恨其器大识小,难为用也。"后周宣帝时,思邈以王室多故,遂隐居太白山。隋文帝辅政,征为国子博士,称疾不起。常谓所亲曰:"过是五十年,当有圣人出,吾方助之以济人。"及唐太宗即位,召诣京师,嗟其容色甚少,谓曰:"故知有道者诚可尊重,羡门、广成,岂虚言哉。"将授以爵位,固辞不受。唐显庆四年,高宗召见,拜谏议大夫,又固辞不受。上元元年,辞疾请归,特赐良马及鄱阳公主邑司以居焉。当时名士,如宋之问、孟诜(shēn)、卢照邻等,皆执师弟之礼以事焉。

思邈尝从幸九成宫。照邻病,留在其宅,时庭前有大梨树,照邻为之赋。其序曰:"癸酉之岁,余卧疾长安光德坊之官舍,广老云,是鄱阳公主邑司。昔公主未嫁而卒,故其邑废。时有处士孙思邈,道洽古今,学殚数术。高谈正一,则古之蒙庄子;深入不二,则今之维摩诘。至于推步甲乙,度量乾坤,则洛下闳(hóng)、安期先生之俦(chóu)也。自云开皇辛酉岁生,年九十二矣。察之乡里,咸云数百岁。又共话周齐间事,历历如目见。以此参之,不啻(chì)百岁人矣。然犹视听不衰,神采甚茂,可谓古之聪明博达不死者也。时照邻有盛名,而染恶疾,嗟禀受之不同,昧遒夭之殊致。因问思邈曰:'名医愈疾,其道如何?'对曰:'吾闻善言天者,必质于人;善言人者,必本于天。天有四时五行,寒暑迭代。其转运也,和而为雨,怒而为风,凝而为霜雪,张而为虹霓。此天地之常数也。人有四肢五脏,一觉一寐,呼吸吐纳,循而为往来,流而为荣卫,彰而为气色,发而为音声。此人之常数也。阳用其精,阴用其形,天人之所同也。及其失也,蒸则生热,否则生寒,结而为疣(yóu)赘,陷而为痈疽(yōng jū),奔而为喘乏,竭而为焦枯,诊发乎面,变动乎形。推此以及天地,则亦如之。故五纬盈缩,星辰失度,日月错行,彗孛流飞,此天地之危疹也;寒暑不时,此天地之蒸否也;石立土踊,此天地之疣赘也;山崩地陷,此天地之痈疽也;奔风暴雨,此天地之喘乏也;雨泽不时,川源涸竭,此天地之焦枯也。良医导之以药石,救之以针剂;圣人和之以道德,辅之以政事。故体有可愈之疾,天地有可消之灾。'又曰:'胆欲大而心欲小,智欲圆而行欲方。《诗》曰"如临深渊,如履薄冰",谓小心也;"赳赳武夫,公侯干城",谓大胆也;"不为利回,不为义疚",行之方也;"见机而作,不俟终日",智之圆也。'其文学也,颖出如是;其道术也,不可胜纪焉。"

初魏徵等受诏修齐、梁、周、隋等五代史,恐有遗漏,屡访于思邈,口以传授,有如目睹。东台侍郎孙处约,尝将其五子健、儆、俊、侑、佺,以谒思邈。思邈曰:"俊当先贵,侑当晚达,佺最居重位,祸在执兵。"后皆如其言。太子詹事卢齐卿，自幼时请问人伦之事，思邈曰："汝后五十年，位登方伯，吾孙当为属吏，可自保也。"齐卿后为徐州刺史，思邈孙溥，果为徐州萧县丞。邈初谓齐卿言时，溥犹未生，而预知其事。凡诸异迹，多如此焉。永淳元年卒。遗令薄葬，不藏冥器，不奠生牢。经月余，颜貌不改。举尸就木，空衣而已，时人异之。自注《老子》《庄子》，撰《千金方》三十卷、《福禄论》三十卷、《摄生真箓》《枕中素书》《会三教论》各一卷。

开元中，复有人见隐于终南山，与宣律师相接，每来往参请宗旨。时大旱，西域僧请于昆明池结坛祈雨，诏有司备香灯。凡七日，缩水数尺。忽有老人夜诣宣律师求救曰："弟子昆明池龙也，无雨时久，匪由弟子。胡僧利弟子脑将为药，欺天子言祈雨，命在旦夕，乞和尚法力救护。"宣公辞曰："贫道持律而已，可求孙先生。"老人因至，思邈谓曰："我知昆明龙宫有仙方三十首，若能示予，予将救汝。"老人曰："此方上帝不许妄传，今急矣，固无所吝。"有顷，捧方而至。思邈曰："尔但还，无虑胡僧也。"自是池水忽涨，数日溢岸，胡僧羞恚（hui）而死。又尝有神仙降，谓思邈曰："尔所著《千金方》，济人之功，亦已广矣。而以物命为药，害物亦多，必为尸解之仙，不得白日轻举矣。昔真人桓闿（kǎi）谓陶贞白事亦如之，固吾子所知也。"其后思邈取草木之药，以代虻虫水蛭之命。作《千金方翼》三十篇，每篇有龙宫仙方一首，行之于世。

及玄宗避羯胡之乱，西幸蜀。既至蜀，梦一叟须鬓尽

白，衣黄襦，再拜于前，已而奏曰："臣孙思邈也，庐于峨眉山有年矣。今闻銮驾幸成都，臣故候谒。"玄宗曰："我熟识先生名久矣。今先生不远而至，亦将有所求乎？"思邈对曰："臣隐居云泉，好饵金石药，闻此地出雄黄，愿以八十两为赐。脱遂臣请，幸降使赍至峨眉山。"玄宗诺之，悸然而寤，即诏寺臣陈忠盛，挈雄黄八十两，往峨眉宣赐思邈。忠盛既奉诏，入峨眉，至屏风岭，见一叟貌甚俊古，衣黄襦，立于岭下。谓忠盛曰："汝非天子使乎？我即孙思邈也。"忠盛曰："上命以雄黄赐先生。"其叟偻而受，既而曰："吾蒙天子赐雄黄，今有表谢，属山居无翰墨，天使命笔札传写以进也。"忠盛即召吏执牍染翰。叟指一石曰："表本在石上，君可录焉。"忠盛目其石，果有朱字百余，实表本也，遂誊写其字。写毕，视其叟与石，俱亡见矣。于是具以其事闻于玄宗。玄宗因问忠盛，叟之貌与梦者果同，由是益奇之。自是或隐或见。

咸通末，山下民家，有儿十余岁，不食荤血，父母以其好善，使于白水僧院为童子。忽有游客称孙处士，周游院中讫，袖中出汤末以授童子，曰："为我如茶法煎来。"处士呷少许，以余汤与之，觉汤极美，愿赐一碗。处士曰："此汤为汝来耳。"即以末方寸匕，更令煎吃。因与同侣话之，出门，处士已去矣，童子亦乘空而飞。众方惊异，顾视煎汤铫（diào）子，已成金矣。其后亦时有人见思邈者。（出《仙传拾遗》及《宣室志》）

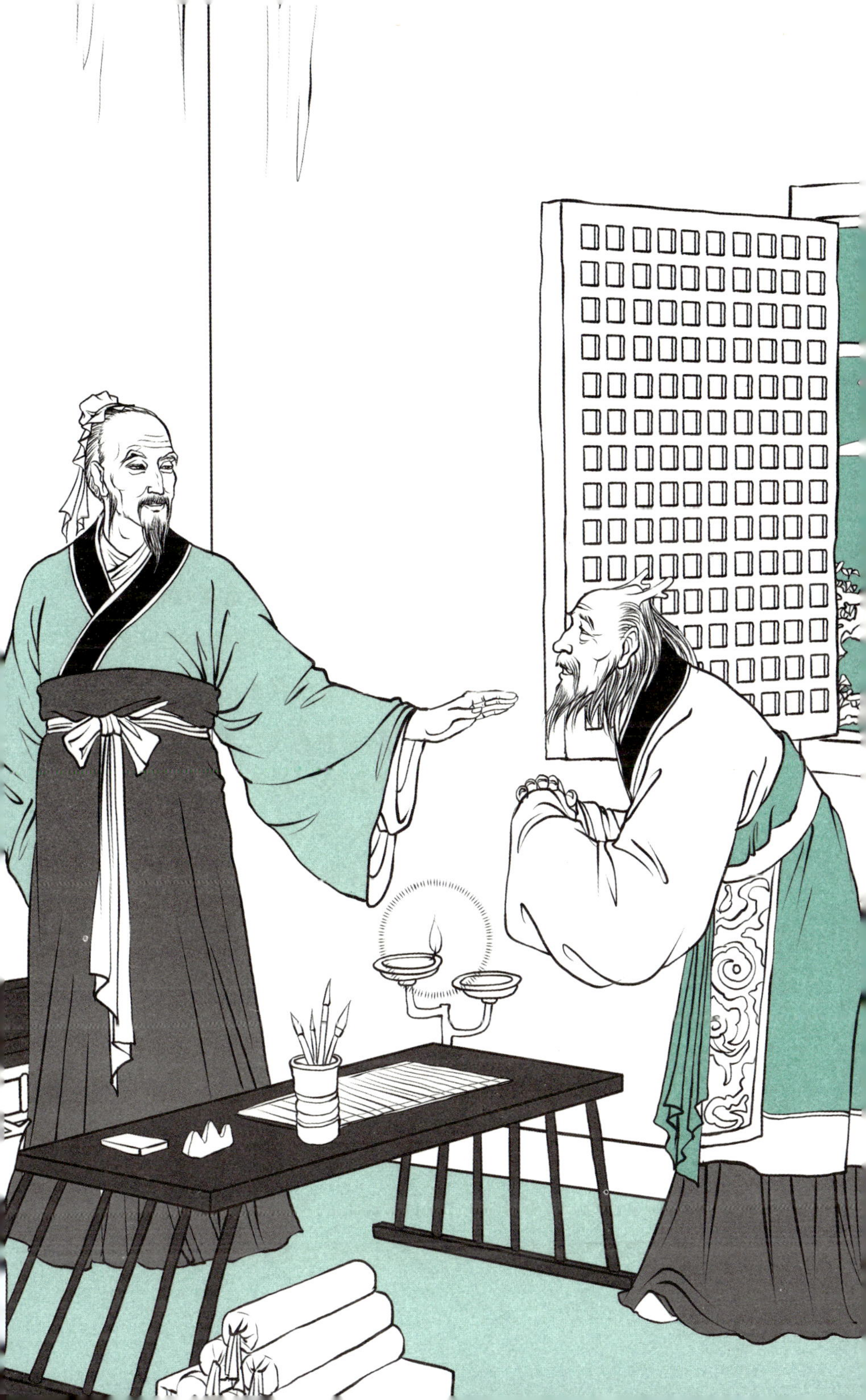

译文

孙思邈,是雍州华原人。七岁入学,每天背诵一千多字。二十岁后,喜欢谈论庄子、老子以及诸子百家的学说,也喜欢佛经。洛阳总管独孤信,见了他感叹说:"这是一个神童,只怕他器量大见识少,很难任用。"后周宣帝的时候,孙思邈因为王室发生了许多变故,就隐居到太白山里。隋文帝辅政时,征召他担任国子博士,他称病不应召。他常常对亲近的人说:"过了这五十年,应当有一个圣人出世,那时候我才能帮他救济世人。"等到唐太宗即位,征召他到京城,感叹他的容颜很年轻,对他说:"我因此知道有道术的人实在应当受到尊重,羡门、广成等神人确实不是虚传。"太宗要授给他爵位,他坚决推辞,不肯接受。唐朝显庆四年,唐高宗召见他,授予他谏议大夫的职位,他又坚决推辞不肯接受。上元元年,他托病请求回乡,朝廷特地赐予他好马,并且把鄱阳公主的城邑赐给他居住。当时的名士,像宋之问、孟诜、卢照邻等,都用对待老师的礼节对待他。

孙思邈曾经跟随皇帝一起到九成宫。卢照邻生病,留在他的住宅,当时院子里有一棵高大的梨树,卢照邻就为那棵梨树作了一篇赋,序言说:"癸酉年,我卧病在长安光德坊的官舍里,这里的老人说,这是鄱阳公主的府邸。从前鄱阳公主没有出嫁就死了,所以她的府邸一直荒废着。当时有一位处士孙思邈,通晓古今,学尽各种数术。他谈论起道家的理论来,就像古代的蒙人庄子；他的学问深入不二，就像当今的王维；至于推算天文历法量度天地，则可以与洛下闳、安期先生相提并论。他说自己生于开皇辛酉年，已经九十三岁了。到乡间打听他，人们都说他已经几百岁了。另外，他和人们一起谈论起周、齐之间的事来，记得清清楚楚，就像亲眼见过。以此考察他，就不止是一百岁的人了。然而他的耳不聋，眼不花，神采奕奕。可以说是古代的聪明博达长寿之人了。当时卢照邻很有名气，他得了重病，嗟叹每个人的禀赋不同，不知道人长寿短命如此悬殊。于是他问孙思邈：'名医治病，它的道理如何呢？'孙思邈回答说：'我听说善于谈论天的人，一定要向人打听；善于谈论人的人，一定要以天的道理为依据。天有四时的变化，五行的运转，寒暑交替。它的运转，和就形成雨，怒就形成风，凝结就是霜雪，张扬就是虹霓。这是天地的正常规律。人有四肢和五脏，一醒一睡，一呼一吸，循环往复。流动，就形成人体的营养和血气循环；外露，就成为人的气色；发声，就有了人的声音。这是人的正常规律。阳性，用它的精神；阴性，用它的形体。这是天和人相同的地方。等到失去这种正常现象，热气上升则生热，不然就生寒；凝结就成为肿瘤，凹陷就成为痈疽；奔跃就会喘息、困乏；竭尽就会焦枯。病情呈现在表面，病变却在形体内。把这种道理推及到天地方面，也是这样的。所以，金、木、水、火、土，五行有圆有缺，星辰失去了常度，日月的运行出现错乱，彗星离开轨道飞行，这是天地的大病。寒暑不正常，这是天地热气上升与否的表现；岩石泥土耸起，这是天地的肿瘤；山崩地陷，这是天地的痈疽；

狂奔暴雨，这是天地的喘息和困乏；雨露润泽不应时，江河干涸，这是天地的焦枯。良医治病，用药疏导，用针剂拯救；圣人济世，用道德调和，用政事辅助。所以，人身上有可以治好的病，天地有可以消除的灾。'他又说：'胆子要大，而用心却要细；心智要圆活，行为却要方正。《诗经》里说"如临深渊，如履薄冰"，说的是小心；"赳赳武夫，公侯干城"，说的是大胆；"不为利回，不为义疚"，这是行为的方正；"见机而作，不俟终日"，这是心智的圆活。'他的文学，如此超拔突出；他的道术也不可胜纪。"

当初魏徵等人接受诏命修纂齐、梁、周、隋等五代史，恐怕有遗漏，多次向孙思邈询问，他用口来传授，就像亲眼所见一样。东台侍郎孙处约，曾经带着五个儿子孙健、孙儆、孙俊、孙侑、孙俭去拜见孙思邈。孙思邈说："孙俊应当首先显贵；孙侑应当显达得较晚；孙俭的地位最高，灾祸出在执掌兵权上。"后来都像他说的一样应验了。太子詹事卢齐卿，从小时时向孙思邈请教人伦的事情，孙思邈说："你再过五十年，将是一方诸侯，我的孙子应当是你属下的官吏，你自己保重。"卢齐卿后来做了徐州刺史，孙思邈的孙子孙溥，果然做了萧县的县丞。孙思邈当初对卢齐卿说这话的时候，孙溥还没有出生，却预先知道了他的事情。凡此各种奇异的事情，大多都像这样。永淳元年，孙思邈去世。留下遗言要求薄葬，不准在墓中埋藏殉葬品，不准用活的牛羊祭奠。经过一个多月，他的脸色没有改变。抬起他的尸体装入棺木时，只剩下空空的衣服而已，当时的人都很惊异。他自己注释了《老子》《庄子》，撰写了《千金方》三十卷、《福禄论》三十卷、《摄生真箓》《枕中素书》《会三教论》各一卷。

开元年间,又有人看到他在终南山隐居,和宣律师相来往,宣律师常常前往向他参学请教佛教宗旨。当时天气大旱,有一个西域的僧人请求在昆明池筑坛求雨,朝廷下诏让有关部门准备香灯。总共七天,水缩下去几尺。忽然有一位老人夜里到宣律师那里求救说:"弟子是昆明池里的龙,很久没有下雨,不是我的缘故。一个胡僧要用我的脑子做药,欺骗天子说求雨,我的生命危在旦夕,请和尚用法力营救保护我。"宣公推辞说:"贫僧只是操守戒律而已,你可以去求孙思邈先生。"老人于是来到孙思邈那里。孙思邈说:"我知道昆明池龙宫里有三十个仙方,如果能让我看一看,我就搭救你。"老人说:"这些药方上帝不准随意外传,现在情况紧急,我不该再爱惜它!"过了一会儿,老人捧着药方来了。孙思邈说:"你只管回去,不用担心胡僧。"随后,池水忽然上涨,几天便漫上岸来,胡僧羞愧愤怒而死。另外,有一个神仙从天而降,对孙思邈说:"你所著的《千金方》,济人的功效也已经很广了。而用生物的性命做药,残害的生灵也太多了,你一定会成为一个尸解的神仙,不能飞升成仙了。当初,一位真人桓阎告诫陶贞白的事情也是这样,本来就是你所知道的。"此后孙思邈采用草木做药,以代替蛇虫、水蛭,作《千金方翼》三十篇,每篇有《龙宫仙方》一个,行之于世间。

等到唐玄宗躲避安史之乱,向西来到蜀地,梦见一位胡子头发全都白了的老头,身穿黄色衣服,在他面前拜了两次,然

后上奏说:"我是孙思邈,在峨嵋山结庐居住多年了。现在听说皇上的车驾来到成都,我因此在这里等候拜谒。"唐玄宗说:"我熟悉你的名字很久了,现在你不怕道路遥远来到这里,也将要有所求取吗?"孙思邈说:"我隐居在云泉之间,喜欢吃金石之药,听说这个地方出产雄黄,希望赐给我八十两。如果能满足我的要求,请派使者带到峨嵋山来。"唐玄宗答应了,便忽然醒来,立即就令侍臣陈忠盛,带着八十两雄黄,到峨嵋山去赐给孙思邈。陈忠盛奉诏来到峨嵋山,来到屏风岭,遇见一位相貌很俊逸古朴的老头,穿黄色衣服站在岭下。老头对陈忠盛说:"你莫不是天子的使者?我就是孙思邈。"陈忠盛说:"皇上让我把雄黄赐给你。"那老头弯腰接受,然后说:"我承蒙天子赐给我雄黄,现在要上表致谢,但这里是山野之居,没有笔墨,请您执笔转抄进呈。"陈忠盛立即让官吏拿来笔墨。老头指着一块石头说:"表章在那块石头上,您可以抄录下来。"陈忠盛看那石块,果然有一百多个红字,确实是表章。于是就把那些字抄录下来。写完之后,再看老头和石头,全都不见了。于是陈忠盛把这事详细地奏明唐玄宗。唐玄宗于是询问陈忠盛,老头的相貌与梦中的果然一样,因此对他更加惊奇。自此,孙思邈有时候隐没,有时候出现。

咸通末年,山下的一户人家,有一个十几岁的儿子,不吃荤腥,父母因为他喜欢善行,让他到白水僧院做了童子。忽然有一位游客自称孙处士,在院中转了一圈后,从袖中取出一包汤药的碎末交给童子说:"替我像烹茶那样煎好。"煎好之后,处士喝了几小口,把剩下的汤汁给了童子。童子觉得汤汁的味道非常鲜美，希望再赐给他一碗。处士说："这汤药就是为你而来的！"就把方寸这样大的一匙药沫再让他煎着吃。于是他便向同伴们说了。出门一看，处士已离开了。童子也乘空飞起来。众人正在惊异，一看那煎药的锅，已变成金的了。这以后也经常有人见到孙思邈。

读后感悟

孙思邈通晓古今，悬壶济世，不忘民生。

蓝采和

原文诵读

蓝采和，不知何许人也。常衣破蓝衫，六铐(kuǎ)黑木腰带，阔三寸余。 脚着靴， 脚跣(xiǎn)行。夏则衫内加絮，冬则卧于雪中，气出如蒸。每行歌于城市乞索，持大拍板，长三尺余，常醉踏歌。老少皆随看之。机捷谐谑，人间，应声答之，笑皆绝倒。似狂非狂，行则振靴唱踏歌："踏歌蓝采和，世界能几何。红颜 春树，流年 掷梭。古人混混去不返，今人纷纷来更多。朝骑鸾凤到碧落，暮见苍田生

白波。长景明晖在空际,金银宫阙高嵯峨。"歌词极多,率皆仙意,人莫之测。但以钱与之,以长绳穿,拖地行。或散失,亦不回顾。或见贫人,即与之,及与酒家。周游天下,人有为儿童时至及斑白见之,颜状如故。后踏歌于濠梁间酒楼,乘醉,有云鹤笙箫声,忽然轻举于云中,掷下靴衫腰带拍板,冉冉而去。(出《续神仙传》)

译文

蓝采和,不知道是哪里人。他经常穿着一件破旧的蓝色长衫,腰带上有六块黑色的木块,有三寸多宽。他一只脚穿着靴子,另一只脚光着走路。夏天时他就在单衣里加上棉絮;冬天他就卧在雪地上,呼出的气像蒸屉出来的热气一样。他经常在城市里歌唱着乞讨,拿着一副大拍板,有三尺多长,常常是醉着唱歌。老老少少都跟着看他。他机智敏捷、诙谐幽默。有人问他,他听到声音就回答他们,人们大笑。他似狂非狂,走路则踢踏着靴子唱踏歌:"踏歌蓝采和,世界能几何?红颜一春树,流年一掷梭。古人混混去不返,今人纷纷来更多。朝骑鸾凤到碧落,暮见苍田生白波。长景明晖在空际,金银宫阙高嵯峨。"歌词很多,大都是看破红尘的仙意,人们无人能明白它的意思。只要有人给他钱,他就用长绳穿起来,拖在地上走路,有时拖丢了,他也不回头看;有时看到穷人,他就把钱送给人家,以及送给酒家。他周游天下,有的人从儿童时直到老年都见过他，见他脸色形貌像原来一样。后来他在濠梁间的一家酒楼上踏歌，趁着醉意，有云鹤笙箫的声音传来，他忽然轻轻飞身到云中，把靴子、衣衫、腰带、拍板扔下来，轻飘飘地飞走了。

读后感悟

大隐隐于市，蓝采和机智敏捷，诙谐幽默，真是一位异人。

萧静之

原文诵读

兰陵萧静之，举进士不第。性颇好道，委书策，绝粒炼气，结庐漳水之上，十余年而颜貌枯悴，齿发凋落。一旦引镜而怒，因迁居邺下，逐市人求什一之利。数年而资用丰足，乃置地葺居。掘得一物，类人手，肥而且润，其色微红。叹曰："岂非太岁之神，将为祟耶？"即烹而食之，美，既食尽，逾月而齿发再生，力壮貌少，而莫知其由也。偶游邺都，值一道士，顾静之骇而言曰："子神气若是，必尝饵仙

药也。"求诊其脉焉,乃曰:"子所食者肉芝也,生于地,类人手,肥润而红。得食者寿同龟鹤矣。然当深隐山林,更期至道,不可自混于臭浊之间。"静之如其言,舍家云水,竟不知所之。(出《神仙感遇传》)

译文

兰陵人萧静之,参加进士考试没有考中。他生性很喜欢道术,就扔掉书籍,绝食炼气,在漳水边上盖了一座房子,过了十多年,他的容颜变得枯干憔悴,牙齿和头发全都掉了。一天早上,他照了一下镜子感到很愤怒,于是迁居到邺下,跟随着商人们去求取那十分之一的微利,几年的时间就资财丰盛充足。于是他就买了一块地,修建房子。一天,从地里挖出来一种东西,像人的手,肥胖而且光润,颜色微红。他感叹道:"难道这是太岁神?它要作祟吗?"他于是把那东西煮着吃了,味道鲜美。吃完之后,过了一个月,他的牙齿和头发又长出来了,气力强壮,样貌年轻,但是不知道是什么原因。他偶然到邺都游玩,遇到一位道士。道士回头看着萧静之吃惊地说:"你这样的气色,一定曾经吃过仙药!"道士请求给他诊脉,然后说:"你吃的是肉芝,这东西生在地下,像人手,肥实光润而且发红。吃到肉芝的人,能像乌龟、仙鹤那样长寿。但是应当隐居到深山老林之中,去修炼高妙的道术,不能处身于世俗的腥臊浑浊之间。"萧静之像道士说的那样去做,舍弃家业云游四方,后来不知道他去了哪里。

读后感悟

萧静之仕途不顺,却最终能修成大道。人生不如意事常八九,安知何时会有转机?

玄真子

原文诵读

玄真子姓张,名志和,会稽山阴人也。博学能文,擢（zhuó）进士第。善书,饮酒三斗不醉。守真养气,卧雪不寒,入水不濡。天下山水,皆所游览。鲁国公颜真卿与之友善。真卿为湖州刺史,与门客会饮,乃唱和为《渔父》词,其首唱即志和之词,曰:"西塞山边白鸟飞,桃花流水鳜（guì）鱼肥。青箬笠,绿蓑衣,斜风细雨不须归。"真卿与陆鸿渐、徐士衡、李成矩,共和二十五首,递相夸赏。而志和命丹青剪素,写景夹词,须臾五本。花木禽鱼,山水景象,奇绝踪迹,今古无伦。而真卿与诸客传玩,叹服不已。其后真卿东游平望驿,志和酒酣,为水戏,铺席于水上独坐,饮酌笑

咏。其席来去迟速，如刺舟声。复有云鹤随覆其上。真卿亲宾参佐观者，莫不惊异。寻于水上挥手，以谢真卿，上升而去。今犹有宝传其画在人间。

（出《续仙传》）

译文

玄真子姓张，名为志和，是会稽山阴人。他博学能写文章，进士及第。擅长书法，喝三斗酒也不会醉。他守本性养真气，躺在雪地上不感到寒冷，跳到水里去不会被沾湿。天下的名山大川，他全都游览过。鲁国公颜真卿和他交好。颜真卿担任湖州刺史时，和门客们一起宴饮，就一唱一和地作了《渔父》词，第一首就是张志和的词，歌词是："西塞山边白鸟飞，桃花流水鳜鱼肥。青箬笠，绿蓑衣，斜风细雨不须归。"颜真卿和陆鸿渐、徐士衡、李成矩，一共写了二十五首，互相传递着夸赏。张志和让人拿出颜料画布，画出词意，不一会儿就画出五幅。花鸟鱼虫，山水景象，笔法奇绝，今古无人可比。颜真卿和客人们传着玩赏，感叹佩服不停。后来颜真卿向东到平望驿游览，张志和喝酒喝到酣畅时，作水上游戏，把坐席铺在水面上，独自坐在上面饮笑吟唱。那座席的来去快慢，就像竹篙撑船的声音。接着又有云鹤跟随在他的头顶上。颜真卿等在岸上观看的人们，没有不感到惊异的。不一会儿，张志和在水上挥手，向颜真卿表示谢意，然后便升天离开。至今在民间还珍藏流传着他的画作。

读后感悟

张志和文思敏捷，诗画俱佳，其才华与颜真卿等人相比也不遑多让。

颜真卿

原文诵读

颜真卿字清臣,琅琊临沂人也,北齐黄门侍郎之推五代孙。幼而勤学,举进士,累登甲科。真卿年十八九时,卧疾百余日,医不能愈。有道士过其家,自称北山君。出丹砂粟许救之,顷刻即愈。谓之曰:"子有清简之名,已志金台,可以度世,上补仙官,不宜自沉于名宦之海;若不能摆脱尘网,去世之日,可以尔之形炼神阴影,然后得道也。"复以丹一粒授之,戒之曰:"抗节辅主,勤俭致身。百年外,吾期尔于伊洛之间矣。"真卿亦自负才器,将俟大用,而吟阅之暇,常留心仙道。既中科第,四命为监察御史,充河西陇左军城覆屯交兵使。五原有冤狱,久不决。真卿至,辨之。天时方旱,狱决乃雨,郡人呼为御史雨。河东有郑延祚者,母卒二十九年,殡于僧舍填垣地。真卿劾奏之,兄弟三十年不齿,天下耸动。迁殿中侍御史、武部员外。杨国忠怒其不附己,出为平原太守。安禄山逆节颇著,真卿托以霖雨,修城浚壕,阴料丁壮,实储廪(lǐn)。佯命文士泛舟,饮酒赋诗。禄山密侦之,以为书生,不足虞也。

无几,禄山反,河朔尽陷,唯平原城有备焉,乃使司兵参军驰奏。玄宗喜曰:"河北二十四郡,唯真卿一人而已!朕恨未识其形状耳。"禄山既陷洛阳,杀留守李憕(dēng),以其首招降河北。真卿恐摇人心，杀其使者，乃谓诸将曰："我识李燈，此首非真也。"久之为冠饰，以草续肢体，棺而葬之。禄山以兵守土门。真卿兄杲（gǎo）卿，为常山太守，共破土门。十七郡同日归顺，推真卿为帅，得兵二十万，横绝燕赵。诏加户部侍郎、平原太守。时清河郡客李萼，谒于军前，真卿与之经略，共破禄山党二万余人于堂邑。肃宗幸灵武，诏授工部尚书、御史大夫。真卿间道朝于凤翔，拜宪部尚书，寻加御史大夫。弹奏黜陟，朝纲大举。连典蒲州、同州，皆有遗爱。为御史唐实所构，宰臣所忌，贬饶州刺史，复拜昇州浙西节度使，征为刑部尚书。又为李辅国所谮（zèn），贬蓬州长史。代宗嗣位，拜利州刺史，入为户部侍郎、荆南节度使，寻除右丞，封鲁郡公。宰相元载私树朋党，惧朝臣言其长短，奏令百官凡欲论事，皆先白长官，长官白宰相，然后上闻。真卿奏疏极言之乃止。后因摄祭太庙，以祭器不修言于朝，元载以为诽谤时政，贬硖（xiá）州别驾。复为抚州、湖州刺史。元载伏诛，拜刑部尚书。代宗崩，为礼仪使。又以高祖已下七圣谥号繁多，上议请取初谥为定，为宰相杨炎所忌，不行。改太子少傅，潜夺其权。又改太子太师。

时李希烈陷汝州，宰相卢杞素忌其刚正，将中害之。奏以真卿重德，四方所瞻，使往谕希烈，可不血刃而平大寇矣，上从之。事行，朝野失色。李勉闻之，以为失一国老，贻朝廷羞，密表请留。又遣人逆之于路，不及。既见希烈，方宣诏旨，希烈养子千余人，雪刃争前欲杀之。丛绕诟骂，神色不动。希烈以身蔽之，乃就馆舍。希烈因宴其党，召

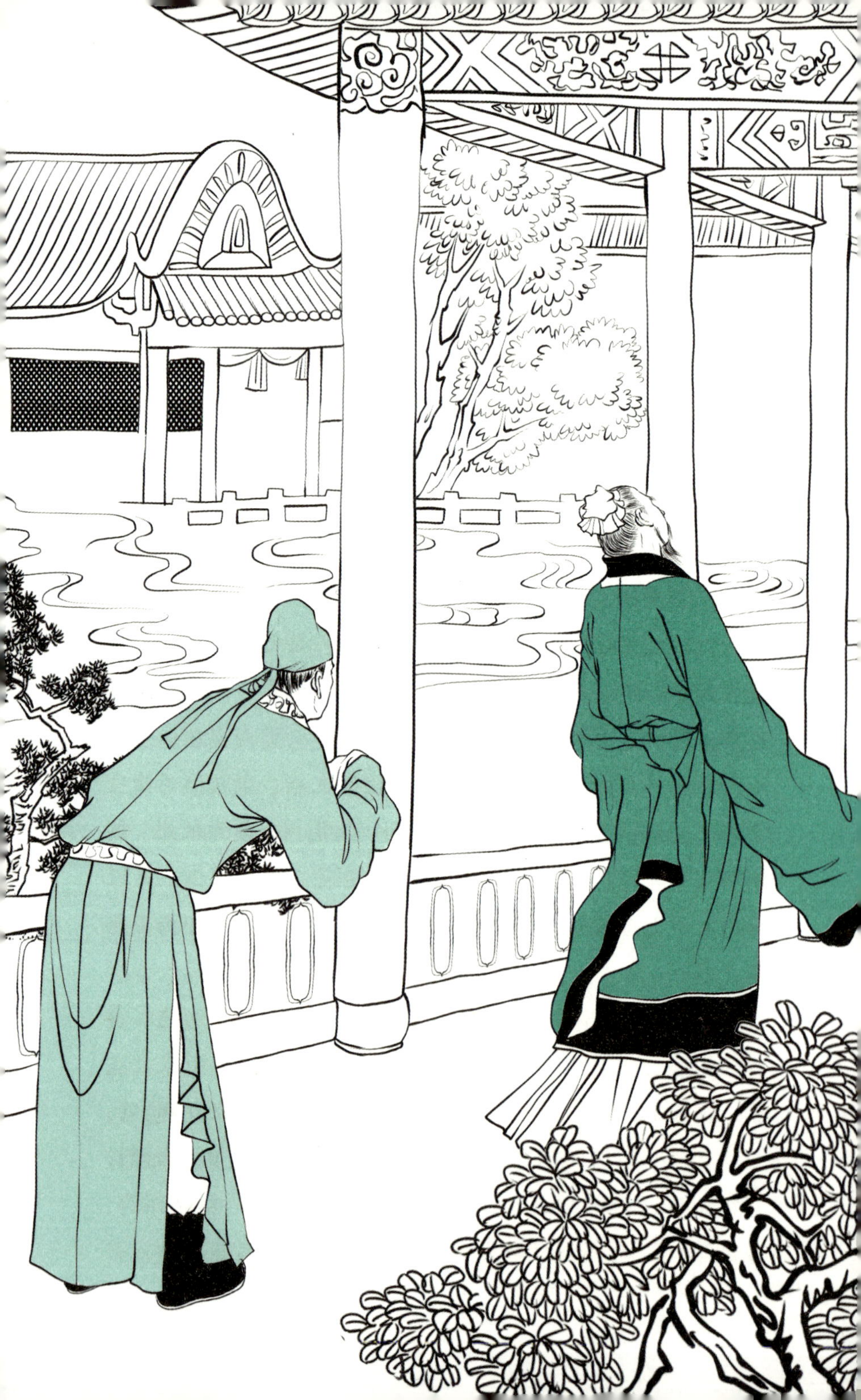

真卿坐观之。使倡优干黩(dú)朝政以为戏，真卿怒曰："相公人臣也，奈何使小辈如此！"遂起。希烈使人问仪制于真卿，答曰："老夫耄矣，曾掌国礼，所记者诸侯朝觐礼耳。"其后希烈使积薪庭中，以油沃之，令人谓曰："不能屈节，当须自烧。"真卿投身赴火。其逆党救之。真卿乃自作遗表、墓志、祭文，示以必死。贼党使缢之，兴元元年八月三日也，年七十七。朝廷闻之，辍朝五日，谥文忠公。

真卿四朝重德，正直敢言，老而弥壮。为卢杞所排，身殒于贼，天下冤之。《别传》云，真卿将缢，解金带以遗使者曰："吾尝修道，以形全为先。吾死之后，但割吾支节血，为吾吭血以给之，则吾死无所恨矣。"缢者如其言。既死，复收瘗(yì)之。贼平，真卿家迁丧上京。启殡视之，棺朽败而尸形俨然，肌肉如生，手足柔软，髭(zī)发青黑，握拳不开，爪透手背。远近惊异焉。行及中路，旅榇渐轻，后达葬所，空棺而已。《开天传信记》详而载焉。《别传》又云，真卿将往蔡州，谓其子曰："吾与元载俱服上药，彼为酒色所败，故不及吾。此去蔡州，必为逆贼所害，尔后可迎吾丧于华阴，开棺视之，必异于众。"及是开棺，果睹其异。道士邢和璞曰："此谓形仙者也。虽藏于铁石之中，炼形数满，自当擘裂飞去矣。"

其后十余年，颜氏之家自雍遣家仆往郑州，征庄租，回及洛京，此仆偶到同德寺，见鲁公衣长白衫，张盖，在佛殿上坐。此仆遽欲近前拜之，公遂转身去。仰观佛壁，亦左右随之，终不令仆见其面。乃下佛殿，出寺去。仆亦步随

之,径归城东北隅荒菜园中。有两间破屋,门上悬箔子。公便揭箔而入,仆遂隔箔子唱喏。公曰:"何人?"仆对以名。公曰:"入来。"仆既入拜,辄拟哭。公遽止之,遂略问一二儿侄了。公探怀中,出金十两付仆,以救家费,仍遣速去。"归勿与人说,后家内阙,即再来。"仆还雍,其家大惊。货其金,乃真金也。颜氏子便市鞍马,与向仆疾来省觐。复至前处,但满眼榛芜,一无所有。时人皆称鲁公尸解得道焉。

(出《仙传拾遗》及《戎幕闲谭》《玉堂闲话》)

译文

颜真卿,字清臣,是琅琊临沂人,他是北齐时黄门侍郎颜之推的第五代后人。颜真卿从小就勤奋学习。他参加进士考试,屡次考中甲科。颜真卿十八九岁的时候,卧病在床躺了一百多天,医生无法治愈。有一个道士从他家门前路过,自称是北山君。北山君拿出几颗米粒大小的丹砂来救他,顷刻之间,他就痊愈了。道士对他说:"你有清正简朴的美名,已经记在黄金台上,可以度世成仙,到天上去做仙官,不应该让自己沉沦宦海;如果你不能摆脱尘俗的罗网,去世的那天,可以用你的形骸在阴影下炼神,然后得道成仙。"道士又交他一粒丹药,告诫他说:"坚持节操,辅佐君主,勤俭且有献身精神。一百年之后,我在伊水和洛水之间等你。"颜真卿也以才华气度自负,等待着自己被重用,但是他学习的闲暇,常常留心仙道。科举考中后,多次被任命为监察御史,充当河西陇左军城覆屯交兵使。五原县有一起冤案,久久不能判决。颜真卿来到五原,辨别这起冤案。当时天气大旱,冤案解决之后天就下了大雨,郡中人都称这雨为御史雨。河东有一个叫郑延祚的人,他母亲去世二十九年了,埋葬在寺庙外面的墙下,颜真卿向皇帝检举了郑延祚的罪状,郑家兄弟被人看不起达三十年之久。天下人都对颜真卿表示敬重。后来他被任命为殿中侍御史、武部员外,杨国忠恨他不依附自己,把他调出京城担任平原郡的太守。安禄山叛逆大唐的野心昭著,颜真卿以连连下雨为借口,修筑城墙,疏通沟壕,暗中招兵买马,储备粮草,假装与文学之士在水上划船,喝酒赋诗。安禄山秘密侦察他,认为他是一介书生,不值得忧虑。

不久,安禄山造反,黄河以北全都沦陷,只有平原城有所准备,派司兵参军骑马到京城报告。唐玄宗高兴地说:"黄河以北二十四个郡,只有颜真卿这么一个人而已!我真遗憾不了解这个人。"安禄山攻下洛阳之后,斩杀了留守李橙,用李橙的首级在黄河以北招降别人。颜真卿怕动摇民心,斩杀了安禄山的使者,对手下的将领说:"我认识李橙,这个首级不是真的。"过了很久,颜真卿为李橙准备了冠带饰物,用干草做一个假肢体,装到棺材里埋葬了。安禄山派兵守住土门。颜真卿的哥哥颜杲卿是常山太守,他和颜真卿共同攻破了土门,十七个郡在同一天归顺了唐朝,颜真卿被推举做了元帅,归顺的兵士有二十万人。他指挥部队纵横燕赵一带。皇帝下诏书封他为户部侍郎、平原太守。当时清河郡人门客李萼,在军营前拜谒,颜真卿与他共同谋划，一起在堂邑打败了安禄山的两万多人。唐肃宗驾临灵武，下令封他为工部尚书、御史大夫。颜真卿走小道到凤翔朝见天子，天子又拜他为宪部尚书，不久又加封为御史大夫。他弹劾罢黜不肖，举荐贤能，使朝纲大振。他连年治理蒲州和同州，都有功绩恩德遗留于后世。后来他被御史唐实构陷，又受到宰相的忌妒，被贬为饶州刺史，又被任命为昇州浙西节度使，征召担任刑部尚书。后来又被李辅国诽谤，贬为蓬州长史。唐代宗继位，授予颜真卿利州刺史之职，他进京担任户部侍郎、荆南节度使，不久拜授右丞相，封为鲁郡公。宰相元载私下树立朋党，他怕朝臣们言说他的阴私，就向皇帝奏请，文武百官凡是要向皇上奏汇报事情的，都要先向自己的长官说明，长官再向宰相说明，然后再奏明皇上。颜真卿上疏极力反对元载的主张，元载才没有得逞。后来颜真卿主持祭祀太庙，在朝廷上言祭器没有修整，元载借口他诽谤朝政，贬他为硖州别驾。后来起复担任抚州、湖州刺史。元载被诛杀之后，颜真卿又被授予刑部尚书之位。唐代宗去世，颜真卿担任礼仪使。又因为唐高祖后面的七位皇帝谥号繁冗，他上疏议请以最初所上谥号为定准，被宰相杨炎忌妒，没有施行，改任太子少傅，暗中夺了他的权力。又改任太子太师。

当时李希烈攻克汝州，宰相卢杞向来忌恨颜真卿的刚正，想要趁机陷害他，就上奏说颜真卿德高望重，四方敬仰，让他去说服李希烈，可以不流血牺牲而平定大敌，皇上听从了卢杞的话。事情开始施行，朝廷内外都大惊失色。李勉听说之后，认为这将要失去国家的一位大德，给朝廷带来耻辱，秘密地上奏章请求朝廷留下颜真卿。又派人到路上去迎接颜真卿，没有赶上。颜真卿见了李希烈之后，正宣读诏书，李希烈的一千多个养子亮出兵刃争着上前要杀了他。他们围着颜真卿辱骂，颜真卿神色不动。李希烈用身体庇护他，把他安置到馆舍里。李希烈宴请党羽，叫来颜真卿坐在那里观看。李希烈让人出言攻击朝政当作娱乐，颜真卿愤怒地说："你也是人臣，怎么能让小辈们这样！"于是他就站了起来。李希烈让人向颜真卿询问朝廷的礼仪制度，颜真卿回答说："我老了，曾经掌管过国家礼仪，但是所记的都是诸侯朝觐的礼仪而已。"后来，李希烈让人在院子堆积了柴薪，用油浇在柴堆上，让人对颜真卿说："你不投降，就烧死你！"颜真卿自己跳到火里去。那些叛贼把他救了出来。颜真卿于是自己作了和皇帝诀别的奏章、墓志铭和祭文，用来表示自己必死的决心。叛贼让人把他勒死了，这一天是兴元元年八月三日，颜真卿七十七岁。朝廷听到这一消息，皇帝停止五天上朝，追谥为文忠公。

颜真卿是四朝元老，德高望重，正直敢言，年老时更加壮烈，被卢杞排挤，被叛贼杀害，天下人都为他感到冤屈。《别传》说，颜真卿将要被勒死的时候，解下金带送给使者说："我曾经修炼过道术，以保全躯体为重。我死之后，只割下我的肢节，放出血，来当作我咽喉的血，用来骗他们，那么我就死而无憾了。"勒他的人按他的话做了，勒死之后又收尸埋葬了他。叛贼被平定之后，家人把颜真卿迁葬上京。打开棺材看他，棺材朽烂了但是他的躯体还是原来那样，肌肉像活人，手脚很柔软，胡须头发青黑，拳头握着没有伸开，手指甲透过手背。远

近的人都感到惊奇。走在半路上，抬棺的人感到棺木越来越轻。后来到了下葬的地方，只有一口空棺材而已。《开天传信记》详细地记载了这件事。《别传》又说，颜真卿将要去蔡州，对他儿子说："我和元载都服用仙药，他的药力被酒色破坏了，所以不如我。我这一次去蔡州，一定会被逆贼杀害，你以后可以把我接回来埋葬到华阴，打开棺材看看，肯定与众人不同。"等到打开棺材一看，果然看到了奇异的样子。道士邢和璞说："这就是所说的形仙啊！即使藏身在铁石之中，只要修炼的时日已够，自己就会裂开而飞走。"

这之后十几年，颜真卿家从雍州派一个仆人到郑州，征收田租，回来的时候走到洛京，这个仆人偶然来到同德寺，看见颜真卿穿着白色的长衫，打着伞盖，坐在佛殿上。这个仆人急忙上前想要参拜他，颜真卿却马上转身离开了。他仰着头看佛寺的墙壁，仆人就或左或右地跟在他后边，但他始终不让仆人看到他的脸。后来，他走下佛殿，出寺离开。仆人也一步一步地跟着他。他径直回到城东北角的荒菜园中。园中有两间破旧的屋子，门上悬挂着帘子。颜真卿便挑帘走了进去。仆人隔着帘子行礼，并出声致敬。颜真卿说："你是什么人？"仆人说出了自己的名字。颜真卿说："进来！"仆人进去拜见完之后想哭，颜真卿马上制止了他。于是颜真卿就大略问了问儿子、侄儿的情况，他从怀中掏出十两黄金交给仆人，让仆人带回去补贴一下家用，打发仆人赶快离开。嘱咐他回去之后不要对别人讲，交代以后家里有困难，可以再来。仆人回到雍州，颜家全家大惊。去售卖那黄金，竟然是真正的黄金，颜氏子孙于是买了鞍马，和那个仆人一起飞驰而来探望。又到了以前那个地方，却只剩下了满眼的榛芜，什么也没有。当时的人们都说颜真卿尸解得道成仙了。

读后感悟

颜真卿的书法世人尽知，但是他的忠诚正直的一面，尤其值得后人学习。

李泌

原文诵读

李泌字长源,赵郡中山人也。六代祖弼,唐太师。父承休,唐吴房令。休娶汝南周氏。

初,周氏尚幼,有异僧僧伽泗上来,见而奇之,且曰:"此女后当归李氏,而生三子,其最小者,慎勿以紫衣衣之,当起家金紫,为帝王师。"及周氏既娠泌,凡三周年,方寤而生。泌生而发至于眉。先是,周每产,必累日困惫,唯娩泌独无恙,由是小字为顺。

泌幼而聪敏,书一览必能诵,六七岁学属文。

开元十六年,玄宗御楼大酺,夜于楼下置高坐,召三教讲论。泌姑子员俶,年九岁,潜求姑备儒服,夜升高坐,词辨锋起,谭者皆屈。玄宗奇之,召入楼中,问姓名。乃曰:"半千之孙,宜其若是。"因问外更有奇童如儿者乎。对曰:"舅子顺,年七岁,能赋敏捷。"问其宅居所在,命中人潜伺于门,抱之以入,戒勿令其家知。

玄宗方与张说观棋,中人抱泌至。俶与刘晏,偕在帝侧。及玄宗见泌,谓说曰:"后来者与前儿绝殊,仪状真国器也。"说曰:"诚然。"遂命说试为诗。即令咏方圆动静。泌曰,愿闻其状。说应曰:"方如棋局,圆如棋子,动如棋生,静如棋死。"说以其幼,仍教之曰:"但可以意虚作,不得更实道棋字。"泌曰:"随意即甚易耳。"玄宗笑曰:"精神全大于身。"泌乃言曰:"方如行义,圆如用智,动如逞才,静如遂意。"说因贺曰:"圣代嘉瑞也。"玄宗大悦,抱于怀,抚其头,命果饵啖之。遂送忠王院,两月方归,仍赐衣物及綵(cǎi)数十。且谕其家曰:"年小,恐于儿有损,未能与官。当善视之,乃国器也。"

由是张说邀至其宅,命其子均、垍(jì),相与若师友,情义甚狎。张九龄、贺知章、张庭珪、韦虚心,一见皆倾心爱重。贺知章尝曰:"此捽子目如秋水,必当拜卿相。"张说曰:"昨者上欲官之，某言未可，盖惜之，待其成器耳。"

当其为儿童时，身轻，能于屏风上立，薰笼上行。道者云："年十五必白日升天。"

父母保惜，亲族怜爱，闻之，皆若有甚厄也。一旦空中有异香之气，及音乐之声，李公之血属，必迎骂之。

至其年八月十五日，笙歌在室，时有彩云挂于庭树。李公之亲爱，乃多捣蒜韭，至数斛，伺其异音奇香至，潜令人登屋，以巨杓（sháo）飑浓蒜泼之，香乐遂散，自此更不复至。

后二年，赋长歌行曰："天覆吾，地载吾，天地生吾有意无。不然绝粒升天衢（qú），不然鸣珂游帝都。焉能不贵复不去，空作昂藏一丈夫。一丈夫兮一丈夫，平生志气是良图。请君看取百年事，业就扁舟泛五湖。"诗成，传写之者莫不称赏。张九龄见，独诫之曰："早得美名，必有所折。宜自韬晦，斯尽善矣。藏器于身，古人所重，况童子耶！但当为诗以赏风景，咏古贤，勿自扬己为妙。"泌泣谢之。

尔后为文，不复自言。九龄尤喜其有心，言前途不可量也。又尝以直言矰（zēng）讽九龄。九龄感之，遂呼为小友。九龄出荆州，邀至郡经年。就于东都肄业，遂游衡山、嵩山，因遇神仙桓真人、羡门子、安期先生降之。羽车幢节，流云神光，照灼山谷，将曙乃去，仍授以长生羽化服饵之道。且戒之曰："太上有命，以国祚中危，朝廷多难，宜以文武之道，佐佑人主，功及生灵，然后可登真脱屣耳。"自是多绝粒咽气，修黄光谷神之要。

及归京师，宁王延于第。玉真公主以弟呼之，特加敬异。常赋诗，必播于王公乐章。及丁父忧，绝食柴毁。服阕，复游嵩华终南，不顾名禄。

天宝十载，玄宗访召入内，献《明堂九鼎》议。应制作《皇唐圣祚》文，多讲道谈经。

肃宗为太子，敕与太子诸王为布衣交，为杨国忠所忌，以其所作感遇诗，谤议时政，构而陷之，诏于蕲(qi)春郡安置。

天宝十二载，母周亡，归家，太子诸王皆使吊祭。寻禄山陷潼关，玄宗肃宗分道巡狩，泌尝窃赋诗，有匡复意。虢王巨为河洛节度使，使人求泌于嵩少间。会肃宗手札至，虢王备车马送至灵武。肃宗延于卧内，动静顾问，规画大计，遂复两都。泌与上寝则对榻，出则联镳(biāo)。

代宗时为广平王，领天下兵马元帅，诏授侍谋军国天下兵马元帅府行军长史、判行军事，仍于禁中安置。崔圆、房琯自蜀至，册肃宗为皇帝，并赐泌手诏衣马枕被等。

既立大功，而幸臣李辅国害其能，将不利之。因表乞游衡岳。优诏许之，给以三品禄俸。山居累年，夜为寇所害，投之深谷中。及明，乃攀缘他径而出。为槁叶所藉，略无所损。

初，肃宗之在灵武也，常忧诸将李郭等，皆已为三公宰相，崇重既极，虑收复后无以复为赏也。泌对曰："前代爵以报功，官以任能。自尧舜以至三代，皆所不易。今收复后，若赏以茅土，不过二三百户一小州，岂难制乎？"肃宗曰："甚善。"因曰："若臣之所愿，则特与他人异。"肃宗曰."何也？"泌曰："臣绝粒无家，禄位与茅土，皆非所欲。为陛下帷幄运筹，收京师后，但枕天子膝睡一觉，使有司奏客星犯帝座，一动天文足矣。"肃宗大笑。

及南幸扶风，每顿，必令泌领元帅兵先发清行宫，收管钥，奏报，然后肃宗至。至保定郡，泌稍懈，先于本院寐。肃宗来入院，不令人惊之，登床，捧泌首置于膝。良久方觉。上曰："天子膝已枕矣，克复之期，当在何时？可促偿之。"泌遽起谢恩。肃宗持之不许。因对曰："是行也，以臣观之，假九庙之灵，乘一人之威，当如郡名，必保定矣。"

既达扶风，旬日而西域河陇之师皆会，江淮庸调亦相继而至，肃宗大悦。又肃宗尝夜坐，召颖王等三弟，同于地炉罽（ji）毯上食，以泌多绝粒，肃宗每自为烧二梨以赐泌，时颖王持恩固求，肃宗不与，曰："汝饱食肉，先生绝粒，何乃争此耶！"颖王曰："臣等试大家心，何乃偏耶！不然，三弟共乞一颗。"肃宗亦不许，别命他果以赐之。王等又曰："臣等以大家自烧故乞，他果何用？"因曰："先生恩渥如此，臣等请联句，以为他年故事。"

颖王曰："先生年几许，颜色似童儿。"

其次信王曰："夜抱九仙骨，朝披一品衣。"

其次益王曰："不食千钟粟，唯餐两颗梨。"

既而三王请成之。肃宗因曰："天生此间气，助我化无为。"

泌起谢，肃宗又不许曰：汝之居山也，栖遁幽林，不交人事；居内也，密谋匡救，动合玄机，社稷之镇也。泌恩渥隆异，故元载、辅国之辈，嫉之若仇。

代宗即位，累有颁锡，中使旁午于道，别号天柱峰中岳先生，赐朝天玉简。已而征入翰林。元载奏以朝散大夫检校秘书少监，为江西观察判官。载伏诛，追复京师，又为常衮所嫉，除楚州刺史。未行，改丰、朗二州团练使，兼御史中丞，又改授杭州，所至称理。兴元初，征赴行在，迁左散骑常侍，寻除陕府长史，充陕虢防御使。陈许戍卒三千，自京西逃归，至陕州界，泌潜师险隘，尽破之。又开三门陆运一十八里，漕米无砥柱之患，大济京师。二年六月。就拜中书侍郎平章事，加崇文馆大学士，修国史，封邺侯。

时顺宗在春宫，妃萧氏母郜国公主，交通于外，上疑其有他志，连坐贬黜者数人，皇储危惧，泌周旋陈奏，德宗意乃解，颇有谠正之风。

五年春，德宗以二月一日为中和节，泌奏令有司上农书，献穜稑（tóng lù）之种，王公戚里上春服，士庶乃各相问讯，泌又作中和酒，祭勾芒神，以祈年谷，至今行之。泌旷达敏辨，好大言。自出入中禁，累为权臣所挤，恒由智免，终以言论纵横，上悟圣主，以跻相位。

是岁三月薨，赠太子太傅。

是月中使林远，于蓝关逆旅遇泌，单骑常服，言暂往衡山，话四朝之重遇，惨然久之而别。远到长安，方闻其薨。德宗闻之，尤加怆异。曰："先生自言，当匡佐四圣而复脱屣也，斯言验矣。"

泌自丁家艰，无复名宦之冀，服气修道，周游名山，诣南岳张先生受箓。德宗追谥张为玄和先生。又与明瓒禅师游，著《明心论》。明瓒释徒谓之懒残，泌尝读书衡岳寺，

异其所为，曰："非凡人也。"听其中宵梵唱，响彻山林。

泌颇知音，能辨休戚，谓懒残经音，先凄怆而后喜悦，必谪坠之人，时至将去矣。"候中夜，潜往谒之。懒残命坐，拨火出芋以馅之。谓泌曰："慎勿多言，领取十年宰相。"泌拜而退。

天宝八载，在表兄郑叔则家，已绝粒多岁，身轻，能自屏风上，引指使气，吹烛可灭。每导引，骨节皆珊然有声，时人谓之锁子骨。在郑家时，忽两日冥然，不知人事。既寤，见身自顶踊出三二寸，傍有灵仙，挥手动目，如相勉助者，如自足及顶。乃念言大事未毕，复有庭闱之恋，愿终家事。于是在傍者皆见一人，仪状甚巨，衣冠如帝王者，前有妇人，礼服而跪。如帝王者责曰："情之未得，因欲令来，使劳灵仙之重。"跪者对曰："不然，且教伊近天子。"于是遂寤。

后二岁，为玄宗所召。后常有隐者八人，容服甚异，来过郑家，数自言仙法严备，事无不至。临去叹曰："俗缘竟未尽，可惜心与骨耳。"泌求随去。曰："不可！姑与他为却宰相耳。"出门不复见。因作八公诗叙之。复有隐者，携一男六七岁来过，云："有故，须南行，旬月当还。缘此男有痫疾，既同是道者，愿且寄之。"又留一函曰："若疾不起，望以此瘗之。"既许，乃问男曰："不骄留此得乎？"曰："可。"遂去。泌求药疗之，终不愈。八九日而殂，即以函盛，瘗庭中蔷薇架下。累月，其人竟不回，试发函视之。有一黑石，天然中方，上有字如锥画云："神真炼形年未足，化为我子功相续。丞相瘗之刻玄玉，仙路何长死何促。"

泌每访隐选异，采怪木蟠枝，持以隐居，号曰养和，人至今效而为之，乃作《养和篇》，以献肃宗。泌去三四载，二圣登遐，代宗践祚，乃诏追至阙，舍于蓬莱殿延喜阁。由给事以上及方镇除降，代宗必令商量。军国大事，亦皆泌参决。因语及建宁王灵武之功，请加赠太子。代宗感悼久之，云："吾弟之功，非先生则世人不知，岂止赠太子也！"即敕于彭原迎丧，赠承天皇帝，葬齐陵。引至城门，奏以龙輀（ér）不动，代宗自蓬莱院谓曰："吾弟似欲见先生。宜速往酹（lèi）祝，兼宣朕意。且吾弟定策大功，追加大号。时人未知，可作一文，以传不朽，用慰玄魂。"泌曰："已发引矣。他文不及作，挽歌词可乎？"代宗曰："可。"即于御前制之，词甚凄怆。代宗览之而泣，命中人驰授挽者。泌至，宣代宗命祝酹，歌此二章。于是龙輴（chūn）行疾如风，都人观之，莫不感涕。

先是，建宁王倓，有艰难定策之功，于代宗为弟。人或谮于肃宗云："有图嗣害兄之心。"遂遇害。及肃宗追悟倓无罪，泌虑复及诸王，因事言曰："昔高宗有子八人，皇祖睿宗最幼。武后生者，自为行第，故皇祖第四。长曰孝敬皇帝，监国而仁明，为武后所忌而鸩之。次曰雍王贤，为太子，中宗、睿宗常所不安，晨夕忧惧，虽父母之前，无由敢言，乃作黄台摘词，令乐人歌之，欲微悟父母之意，冀天皇天后闻之。歌曰：'种瓜黄台下，瓜熟子离离。一摘使瓜好，再摘令瓜稀。三摘犹尚可，四摘抱蔓归。'然太子竟亦流废，终于黔州。建宁之事，已一摘矣，慎无再摘。"肃宗曰："先生忠于

宗社，忧朕家事，言皆为国龟镜，岂可暂离朕耶？"

时玄宗有诰，只要剑南一道自奉，未议北回。泌请肃宗奉表，请归东宫。次作功臣表，述马嵬灵武之事，请上皇还京。初肃宗表至，玄宗徘徊未决。及功臣表至，乃大喜曰："吾方得为天子父。"下诰定行日，且曰："必李泌也。"肃宗召泌，且泣且喜曰："上皇已下诏还京，皆卿力也。"

又天宝末，员外郎窦庭芝分司洛邑，常敬事卜者葫芦生。每言吉凶，无不中者。一旦凌晨，生至窦门，颇甚嗟叹。庭芝请问，良久乃言："君家大祸将成。"举家啼泣，请问求生之路。生曰："若非遇中黄君，但见鬼谷子，亦可无患矣。"生乃具述形貌服饰，仍戒以浃旬求之。于是与昆弟群从奴仆，晓夕求访，殆遍洛下。

时泌居于河清，因省亲友，策蹇（jiǎn）入洛，至中桥，遇京尹避道。所乘骡忽惊轶而走,径入庭芝所居,与仆者共造其门。车马罗列将出,忽见泌,皆惊愕而退。俄有人云:"分司窦员外宅,所失骡收在马厩,请客入座,主人当愿修谒。"泌不得已就其厅。庭芝即出,降阶载拜。延接殷勤,遂至信宿。至于妻子,咸备家人之礼。数日告去,赠遗殊厚。但云:"遭遇之辰,愿以一家奉托。"

时泌居于河清,信使旁午于道。庭芝初与泌相值,葫芦生适在其家,云:"既遇斯人,无复忧矣。"及朱泚构逆,庭芝方廉察陕西,车驾出幸奉天,遂于贼庭归款。銮舆反正,德宗首令诛之。时泌自南岳征还行在,便为宰相。因第臣僚罪状,遂请庭芝减死。德宗意不解,云:"卿以为宁王姻懿耶?宁王以庭芝妹为妃,以此论之,尤为不可。然莫有他事,俾其全否。卿但言之。"于是具以前事闻。由是特原其罪。泌始奏,上密遣中使乘传,于陕问之。庭芝录奏其事。德宗曰:"言中黄君,盖指朕耶?未知呼卿为鬼谷子,何也?"或曰:"泌先茔(yíng)在河清谷前鬼谷,恐以此言之也。"兴元四年二月,德宗谓泌曰:"朕即位以来,宰相皆须姑息,不得与其较量理道。自用卿以来,方豁朕意,是乃天授卿于朕耳。虽夷吾骐骥,傅说霖雨,何可以及兹!"其军谋相业,载入国史;事迹终始,具邺侯传。泌有集二十卷,行于世。(出《邺侯外传》)

译文

李泌，字长源，是赵郡中山人。他的六世祖父李弼，是唐朝的太师。父亲李承休，是唐朝吴房县的县令。李承休娶了汝南周氏。

当初，周氏还年幼，有一位奇异的僧人名叫僧伽，从泗水边来，看到她感到奇怪，并且说："这女孩儿以后会嫁给姓李的男子，生三个儿子，那最小的孩子，千万不要给他穿紫色的衣服。这个孩子刚一做官就会被授予金印紫绶，做帝王的老师。"等到周氏怀了李泌后，怀胎三年，才把他生了下来。李泌生下来头发就长到眼眉。在这以前，周氏每次生孩子，一定接连多日困乏疲惫，只有这次生李泌没有生病，因此给李泌起小名叫"顺"。

李泌小时候就聪明机智，书看一遍就必定能背下来，他六七岁就学习写文章。

开元十六年，唐玄宗在御楼上大设酒宴，夜里在楼下放了一个高高的座位，召见三教九流来讲演论辩。李泌姑母的儿子员俶，那年九岁，偷偷求母亲准备了儒生的衣服，趁夜登上高座，词辩非常锋利，演讲的人都理屈词穷。唐玄宗认为他很奇特，召他进入楼中，问清他的姓名之后便说："原来是员半千的孙子，应该如此。"于是唐玄宗就问宫外还有没有像他这样的神奇童子，他回答说："我舅舅的儿子李顺，今年七岁，能赋诗，非常聪明机智。"唐玄宗问他李顺的居所，派宦官偷偷等

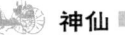

候在门外，把他抱进宫来，告诫说不要让他家人知道。

唐玄宗正在和张说下棋，宦官抱着李泌来到。员俶和刘晏都在皇帝身边。等到唐玄宗看到李泌，对张说说："后面来的这个小孩和前边那个非常不一样，根据他的仪表相貌来看，真是国家的栋梁之材啊！"张说说："确实如此。"于是唐玄宗就让张说试一下他作诗的水平。张说让他歌咏方、圆、动、静。李泌说，请告诉我各是什么样子。张说说："方就是棋盘，圆就像棋子，动就像棋活了，静就像棋死了。"张说因为李泌年幼，就教他说："只能按意思虚作，不能再实说出'棋'字。"李泌说："随意作就太容易了。"唐玄宗笑道："这孩子的聪明才智大于他的实际年龄。"李泌就说道："方就像行义，圆就像用智，动就像逞才，静就像遂意。"张说于是向唐玄宗称贺说："这是太平盛世的美好祥瑞啊！"唐玄宗非常高兴，把李泌抱在怀里，摸着他的头，让人拿果品给他吃。于是就把他送到忠玉院，两个月以后才让他回家，还送给他衣物和几十匹彩丝织品，并且告诉他家人说："孩子年纪小，怕对孩子有损害，所以没能封他官职。应该好好看待他，这是国家的栋梁之材。"

从此，张说把李泌请到自己家里，让儿子张均、张垍和他在一起，就像师友那样交往，很是亲近。张九龄、贺知章、张庭珪、韦虚心这些人，一看到李泌也都非常喜欢器重他。贺知章曾经说："这孩子双目如秋水，一定会做卿相。"张说说："昨天皇上想要封他为官，我说还不行，是因为爱护他，等待他成器而已。"

在李泌还是儿童的时候，身体很轻，能在屏风上站立，在

薰笼上行走。一个有道术的人说:"这孩子十五岁时一定会大白天升天成仙。"

父母保护、怜惜李泌,亲族喜欢爱护他,听说这样,都感到像是对他有很大的危险。如果有一天空中真出现奇异的香味和音乐声,李泌的近亲,一定要迎上去大骂一通。

到了李泌十五岁那年的八月十五日,果然有笙歌在室内响起,当时有彩云挂在院子里的树上。李泌的亲朋,就捣了有几大桶蒜泥,等到异音和奇香来到,暗中让人登上屋顶,用大勺子扬洒蒜泥泼向那异音和奇香的来处,音乐和香味就散去。从此就不再来了。

两年以后,李泌写了一首《长歌行》,里面说道:"天覆吾,地载吾,天地生吾有意无。不然绝粒升天衢,不然鸣珂游帝都。焉能不贵复不去,空作昂藏一丈夫。一丈夫兮一丈夫,平生志气是良图。请君看取百年事,业就扁舟泛五湖。"诗写成后,传抄的人没有不称赞的。只有张九龄见了之后,告诫他说:"过早得到美名,一定会带来损失,你应该自己注意隐藏才能,这才能尽善尽美。把本领隐藏起来,古人很重视,何况你还是个小孩子呢!你只应该作诗赞赏风景,咏叹古贤,不要自己表现自己才好。"李泌流泪表示感谢。

李泌后来再写文章,就不再谈到自己。张九龄尤其喜欢李泌是个有心人,说他前途不可限量。李泌曾经用忠直的话语规劝过张九龄,张九龄很感激他,于是就叫他是"小友"。张九龄到荆州任职的时候,把他请到郡里住了一年多。他在东都游学,游历了衡山和嵩山,遇见神仙桓真人、羡门子、安期先生降临。羽毛制成的车帘和旌旗，流动的云朵和神奇的光彩，照耀着山谷，天将亮的时候才散去。神仙们还教给他通过服用药物而长生成仙的道术，并且告诫他说："太上有命令，因为国家有危险，朝廷多难，你应该以文武之道辅佐皇帝，让你的功德遍及天下民众，然后就可以得道成仙了。"从此，他经常只呼吸而不吃粮食，修习占气养生的要义。

等到他回到京城，宁王把他接到府邸，玉真公主称他为弟弟，对他格外敬重。他平常赋写的诗歌，一定会被王公们配上乐章流传。等到他为父亲守丧，不吃食物，骨瘦如柴。守丧期满，李泌又去嵩山、华山、终南山游历，根本不顾念名声和利禄。

天宝十年，唐玄宗寻访他并召他进宫，他献上了《明堂九鼎》的奏议，应和皇帝的旨意写了《皇唐圣祚》的文章，经常讲道谈经。

唐肃宗做太子时，皇上下令让太子及其他皇子们和李泌做布衣之交，被杨国忠忌恨，认为他所作的《感遇》诗是诽谤时政而陷害他，皇上诏令把他安置在蕲春郡。

天宝十二年，他母亲周氏死了，他回到家里，太子和王子们都派使者去吊唁祭祀。不久，安禄山攻破潼关，玄宗和肃宗分道逃跑，李泌曾经偷偷地作诗，有匡复国家的心思。虢王李巨担任河洛节度使，派人在嵩山少室找到李泌。恰逢唐肃宗的手谕送到，虢王备车马把李泌送到灵武。唐肃宗把李泌迎到卧室内，向他询问行止动静，和他共同商讨大计。于是收复了两都。李泌与肃宗，睡觉则床对床，出门则马头并着马头。

代宗当时是广平王，担任天下兵马元帅，肃宗下令授给李泌侍谋军国天下兵马元帅府行军长史的头衔，让他决定军事，仍然把他安置在宫中。崔圆、房琯从蜀地回来，传达玄宗旨意，册立肃宗当皇帝，并赐给李泌手诏、衣服、马匹、枕头、被子等物品。

李泌立了大功之后，李辅国忌妒他的才能，将要对李泌不利。李泌于是上表请求到衡山游历。朝廷下诏优待批准，给他三品官的俸禄。他在山里居住了好几年。一天夜里，他被贼寇加害，被扔到深谷中。等到天亮，他就攀援着别的路径走出来了。他被枯叶垫着，一点也没有受伤。

当初，肃宗在灵武时，曾经担忧李光弼、郭子仪等将军们，他们都已经是三公宰相，已经尊崇到了极点，担心收复失地之后再没有什么东西可以奖赏给他们的了。李泌回答说："以前的朝代，用爵位来回报有功的人，用官职来任用有才能的人。从尧舜到夏商周三代，都没有改变。回来收复失地，可以赏给他们土地，也不过二三百户的一个小州，难道这还不能控制吗？"肃宗说："很好。"于是李泌说："至于我所希望的，则和别人不一样。"肃宗说："为什么呢？"李泌说："我不吃粮食、没有家庭，对禄位和土地都没有欲望。我为陛下运筹帷幄，收复京城以后，只要能枕在天子的腿上睡一觉，让有关部门来奏报客星侵犯帝座，能动一动天上的星象就满足了。"肃宗大笑。

等到肃宗皇帝向南进入扶风，每次停顿，一定让李泌率领部队先出发清理行宫，收拾钥匙，上奏报告，自己才到来。走到保定郡，李泌稍有懈怠，事先在院子里睡着了，肃宗来到，走进院子，让人不要惊动李泌。皇帝上床，把李泌的头捧到自己膝上。好长时间李泌才睡醒。皇上说："天子的膝你已经枕过了，攻克敌营收复失地的日子，应该在什么时候？可以缩短时间答谢我。"李泌赶紧起身谢恩。肃宗拉着他，不答应。于是李泌回答说："这次行动，在我看来，凭借着九庙的神灵，乘着陛下的威严，应该像这个郡的名称，一定是保定了。"

到达扶风之后十天之内的西域河陇的军队都来会师，在江淮一带征调的粮草也都送到了，肃宗很高兴。有一次，肃宗在一个夜晚闲坐，叫来颖王等三个弟弟，一起在地炉地毯上进食，因为李泌经常不吃粮食，肃宗常常亲自烧两个梨赐给他。当时颖王依仗皇上宠爱他，坚决请求把梨给他，肃宗不给，说："你吃饱了肉，先生不吃粮食，为什么争这梨子呢？"颖王说："我们试一下皇上的心意，怎么这样偏向他啊！这样的话，我们三个共要一个梨也行。"肃宗也不答应，另外让人拿来别的果品赐给他们。三个弟弟又说："我们因为那梨是皇上亲自烧的所以才要，要别的果品有什么用？"接着又说："李先生受到如此的恩宠，请允许我们联句，作为以后的典故。"

颖王说："先生年几许，颜色似童儿。"

其次信王说："夜抱九仙骨，朝被一品衣。"

接着益王说："不食千钟粟，唯餐两颗梨。"

然后三个王子请皇上完成此诗。肃宗便说："天生此间气，助我化无为。"

李泌站起来致谢，肃宗又没有允许，说："你住在山上，隐

居在幽林之中，不参与人间的事；你住在宫内，秘密地谋划救国大计，把握神妙的机宜，你是镇守社稷的人。"李泌受到的恩宠隆重特别，所以元载、李辅国等人就像仇恨敌人一样嫉妒他。

唐代宗即位之后，对李泌多有赏赐，宫中派出的宦官在通向李泌家的道上，交错纷繁地往来，唐代宗称他为"天柱峰中岳先生"，赐给他朝见天子的玉简。不久又把他征入翰林院。元载上奏让他担任朝散大夫检校秘书少监，江西观察判官。元载被处死之后，李泌又被调回京城。后来他又受到常衮的嫉妒，被授予楚州刺史。还没有上任，改任丰朗二州的团练使，兼任御史中丞。又调任杭州。他所到的地方，都被称赞治理得很好。兴元初年，他被征召到天子身边担任左散骑常侍，不久又被任命为陕府长史，充任陕虢防御史。陈、许两州的三千名戍卒从京西逃回，逃到陕州地界，李泌在险要处埋伏军队，把他们全都打败。他又开设了三门十八里的陆地运输路线，使漕运官船不再有碰上礁石的忧患，极大地有利于京城。兴元二年六月，他被任命为中书侍郎平章事，加封崇文馆大学士，编修国史，封爵为邺侯。

当时唐顺宗住在春宫，皇妃萧氏的母亲郜国公主和外朝官交往，皇上怀疑她有异志，受她株连被降职免官的有好几个人。皇太子十分害怕，李泌向皇上陈述利害，唐德宗的疑虑才打消，李泌很有正直的风度。

兴元五年春天，德宗把二月一日定为中和节，李泌上奏现在有关官署，献上一本农书，并且献来优良的穜稑的种子。王公和皇帝外戚聚居的地方，人们都换上了春装，士人和百姓互相问候，李泌又制作了中和酒，祭祀勾芒神，来祈求丰收。这种祭神的活动至今还流传。李泌旷达机敏善辩，喜欢正大的言论。自从他出入宫禁，多次遭到权臣的排挤，他总是凭着自己的智慧免遭灾祸，最终因为他的言论，使圣明的君主感悟，登上相位。

这年的三月，李泌去世，朝廷追封他为太子太傅。

这一月，有个叫林远的太监，在蓝关的旅舍中遇见了李泌。李泌独自骑马，穿着平常的衣服，说暂时前往衡山，他向林远述说自己辅佐四代帝王所得到的隆重的恩遇，面色凄凉，很久才离开。林远回到长安，才听说他已经去世。德宗听说之后，感到特别悲伤和惊奇。德宗说："李泌先生自己说，他得辅佐四个皇帝然后再登天作神仙，这话应验了。"

李泌自从为父母守丧，再也没有去求取功名的愿望，所以他服真气修道术，周游名山大川，他到南岳张先生那里受箓修道。德宗追封张先生为玄和先生。他又和明瓒禅师交往，撰作了《明心论》。明瓒禅师，佛教的信徒都叫他懒残，李泌曾在衡岳寺读书，对明瓒禅师感到惊异，说："这不是个一般人。"他听明瓒禅师夜半诵念佛经，声音响遍山林。

李泌很是精通音乐，能辨别声音的欢乐与悲哀，他认为明瓒禅师读经的音调是先悲怆而后喜悦，说明其一定是个从天宫谪贬下界的人，到时候就会离开的。等到半夜，他偷偷地去拜见明瓒禅师，懒残让他坐下，从火里拨出烧熟的山芋给他吃。懒残对李泌说："千万不要多说，你领受了十年宰相。"李泌参

拜后便退了出来。

　　天宝八年,他在表哥郑叔则家里,已经多年不吃粮食,身体很轻,能站在屏风上,拉动手指用气,能把烛火吹灭。每次作引导运气,骨节都有珊珊的响声,当时人们说他的骨头是锁子骨。他在郑家的时候,忽然有两天不省人事。醒来之后,看见自己的身体从头顶跳出了二三寸,旁边有一位仙人,挥着手,转动着眼睛,好像在劝勉帮助他,等到脚也升到头顶时,他忽然想到并且说,我还有大事没有做完,尚且留恋家庭,希望把这些事办完。这时在身旁又出现一个人,长得高大,穿戴像帝王,前面有个妇人,向他跪拜行礼,像帝王的这个人责备说:"李泌情缘未断,就想让他升天,还劳烦了灵仙。"跪着的妇人说:"如果是这样,还是先让他去效劳皇帝吧。"于是李泌就醒来了。

　　两年之后,李泌被唐玄宗征召。有八个容貌服饰很奇特的隐士,常跟在他身后来到郑家,屡次说他们自己仙术齐备,没有办不到的事。他们将要离开的时候叹息着说:"你世俗的因缘竟然没有了断,可惜你的心志和骨相了!"李泌要和他们一块去,他们说:"不行!姑且去做个宰相吧。"他们出了门就不见了。于是李泌作了《八公诗》记述了这件事。又有一位隐士,带来一个六七岁的小男孩,对他说:"我有事要到南方去,十天半月就会回来。因为这男孩有痫疾,既然咱们是同道,我希望把他寄放在你这里。"隐士又留下一个匣子,说:"如果孩子的病治不好,希望你用这个匣子把他埋葬了。"李泌答应之后,隐士才问那男孩:"你留在这里可以吗?"男孩说:"可以。"于

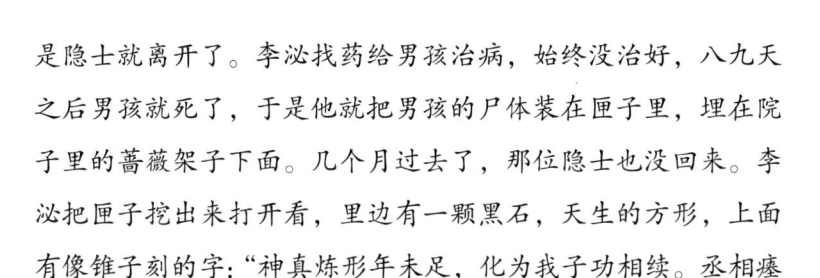

是隐士就离开了。李泌找药给男孩治病,始终没治好,八九天之后男孩就死了,于是他就把男孩的尸体装在匣子里,埋在院子里的蔷薇架子下面。几个月过去了,那位隐士也没回来。李泌把匣子挖出来打开看,里边有一颗黑石,天生的方形,上面有像锥子刻的字:"神真炼形年未足,化为我子功相续。丞相瘗之刻玄玉,仙路何长死何促。"

李泌常常访问隐士和神奇之人,采摘一些形状奇怪的树干和盘曲的树枝,带回自己的居处,叫作养和。人们至今还效仿他的做法。他写了一篇《养和篇》,献给了唐肃宗。李泌离开朝廷三四年,二位皇帝去世,代宗即位,就又下诏把李泌征召到京城,让他住在蓬莱殿迎喜阁。从给事以上的官职及镇守一方的官员的任免,代宗一定要与他商量。军队和国家的大事,也都让李泌参加决断。由于说到建宁王在灵武立下的功劳,李泌请求加封他为太子,代宗感叹悼念了很长时间,说:"我弟弟的功劳,不是先生你说出来,世人是不会知道的,哪里仅仅加封为太子啊!"于是代宗下令在彭原迎丧,赐封号为"承天皇帝",葬在齐陵。灵柩拉到城门的时候,有人来奏报说,拉灵柩的车不动了,代宗在蓬莱院对李泌说:"我弟弟好像要见你,你赶快去祭奠祷告,并且说明我的旨意。而且我弟弟立过大功,追封了大号,这时候人们还不知道,你可以作一篇文章,以便使之流传不朽,来慰藉他的亡灵。"李泌说:"出殡的柩车已经出发,别的文章来不及作,作一首挽歌词可以吗?"代宗说:"可以。"于是他就在代宗面前作了挽歌词,词意很悲怆,代宗读了便哭了,立即派太监骑马送给唱挽歌的人。李泌赶

到，宣布代宗让他来祭奠，唱了这两章挽歌，于是灵柩车快得像风一样地向前走了。京城的人看见，没有不感动得落泪的。

在此之前，代宗的弟弟，建宁王李倓，有艰险困难时制定决策的功劳。有人在肃宗面前说："他有夺取皇位谋害兄长的心意。"于是他就被杀害了。等到肃宗发现感悟李倓无罪，李泌担心再殃及各王，于是就进言说："以前高宗有八个儿子，皇祖睿宗最年幼，是武后生的，自己排行，所以皇祖排为第四。老大是孝敬皇帝，监理国事，仁义圣明，被武后猜忌而毒死。老二是雍王李贤，被立为太子，中宗和睿宗常常不安，朝夕担心害怕，尽管是在父母之前，也不敢直说，就作了《黄台摘词》，让乐府的歌手唱，想要略微使父母有感悟之意，希望天皇天后能听到。那首歌是：'种瓜黄台下，瓜熟子离离。一摘使瓜好，再摘令瓜稀。三摘犹尚可，四摘抱蔓归。'然而太子最终也被流放废黜，死在黔州。建宁的事，已经是'一摘'了，千万不要再摘。"肃宗说："先生忠于宗庙社稷，为我的家事操心，你的话都可以作为国家的借鉴，哪能让你离开我一刻啊！"

当时唐玄宗有诏命，只要剑南这个地方的租税来供养自己，没有讨论北回京城的事。李泌请求肃宗给玄宗上表章，请他回东宫，然后作了《功臣表》记述马嵬坡和灵武的事，请太上皇回京。起初，肃宗的表章送到，玄宗犹豫不决，等到《功臣表》送到，就非常高兴地说："我这才能做天子的父亲。"玄宗下令定下启程的日期，而且说："一定是李泌的主意。"肃宗把李泌找来，边哭泣边高兴地说："太上皇已经下令回京，这全都是你的功劳啊！"

另外，天宝末年，员外郎窦庭芝掌管洛邑。窦庭芝曾经对会占卜的人葫芦生很敬重。葫芦生常常谈论吉凶，没有不中的。一天早晨，葫芦生来到窦家门前，很是慨叹。窦庭芝问他为何叹息，很久他才说："你家将要大祸来临！"窦家全家啼哭流泪，问他求生的办法。葫芦生说："如果不能遇上中黄君，只要能见到鬼谷子，也就可以没有祸患了。"葫芦生就详细地描述鬼谷子的形貌和服饰，还告诫他必须在十天内找到他。于是窦庭芝和兄弟及奴仆们，不分昼夜地求访，几乎找遍了洛邑。

当时李泌住在河清，因为拜访亲友，骑着驴到洛邑去，走到中桥，遇到京城长官的车马而回避，他骑的驴忽然惊跑了，直接跑到了窦庭芝家里。李泌和仆人一起来到窦家门前，窦家车马罗列将要出门，忽然看到李泌，都惊愕地退了回去。不一会儿有人上前说："我分管窦员外的外院，你丢失的驴子收在马棚里，请客人进来坐坐，主人应该是希望见到您的。"李泌不得已来到厅中。窦庭芝出来之后，走下台阶参拜，接待得非常殷勤，李泌于是住了两夜。窦庭芝的妻子儿女全都以家人的礼节拜见李泌。李泌住了几天要告别离开，窦家赠送的礼物非常丰厚，只是说："在遭遇大祸的时候，我希望把一家的性命托付给您。"

李泌住在河清时，使者来往不绝。窦庭芝当初和李泌相逢，葫芦生正好在他家。葫芦生说："既然遇到这个人，就不用再担心了。"等到朱泚谋逆，窦庭芝正在陕西任廉察使。皇帝到了奉天，于是窦庭芝就在贼兵的院子里投诚了。皇帝拨乱反正之后，德宗首先下诛杀窦庭芝。当时李泌从南岳调回皇帝所

在的地方，做了宰相。李泌罗列了犯罪僚属的罪状，就请求皇上不要诛杀窦庭芝。德宗内心很不理解，说："你是因为他是宁王的亲戚才替他求情的吗？宁王娶窦庭芝的妹妹为王妃。因为这个原因为他求情，更不可以。莫非还有别的原因，让你保全他的性命吗？你只管说出来！"于是李泌详细地把以前的事讲给皇上听，皇上因此特别原谅了窦庭芝的罪过。李泌刚奏明的时候，皇上秘密派中使骑快马到陕西去询问，窦庭芝把那件事笔录下来报给皇帝。德宗对李泌说："葫芦生说的中黄君，大概是我吧？不知叫你鬼谷子，是为什么？"有人说，李泌祖先的坟地在河清谷前的鬼谷，恐怕是因为这才这样称呼他。兴元四年二月，德宗对李泌说："我即位以来，宰相都需要我无原则地原谅宽容，不能和他们争辩道理。自从任用你以后，我的心情才开朗起来，这是上天把你交给我的。即使像管夷吾那样的人才，傅说那样的良相，也哪里能够比得上你啊！"李泌的军事谋略和做宰相的业绩，就像国史里记载的那样；事迹的本末都记在《邺侯传》中。李泌有文集二十卷流传于世上。

读后感悟

李泌辅佐朝廷，运筹帷幄，制策平叛，功成身退。崔瑞德说："李泌或许是晚唐高官中一位使人瞩目和最不落俗套的人物。"

神仙

贺知章

原文诵读

贺知章,西京宣平坊有宅。对门有小板门,常见一老人乘驴出入其间。积五六年,视老人颜色衣服如故,亦不见家属。询问里巷,皆云是西市卖钱贯王老,更无他业。察其非凡也,常因暇日造之。老人迎接甚恭谨,唯有童子为所使耳。贺则问其业,老人随意回答。因与往来,渐加礼敬,言论渐密,遂云善黄白之术。贺素信重,愿接事之。后与夫人持一明珠,自云在乡日得此珠,保惜多时,特上老人,求说道法。老人即以明珠付童子,令市饼来。童子以珠易得三十余胡饼,遂延贺。贺私念宝珠特以轻用,意甚不快。老人曰:"夫道者可以心得,岂在力争;悭惜未止,术无由成。当须深山穷谷,勤求致之,非市朝所授也。"贺意颇悟,谢之而去。数日失老人所在。贺因求致仕,入道还乡。(出《原化记》)

译文

贺知章,在西京宣平坊有宅院。他的宅院对门有一个小板门,经常看见有一个老人骑着驴在那儿出入。过了五六年,再看那老人的脸色衣服和原来一样,没有变化,也没见过他的

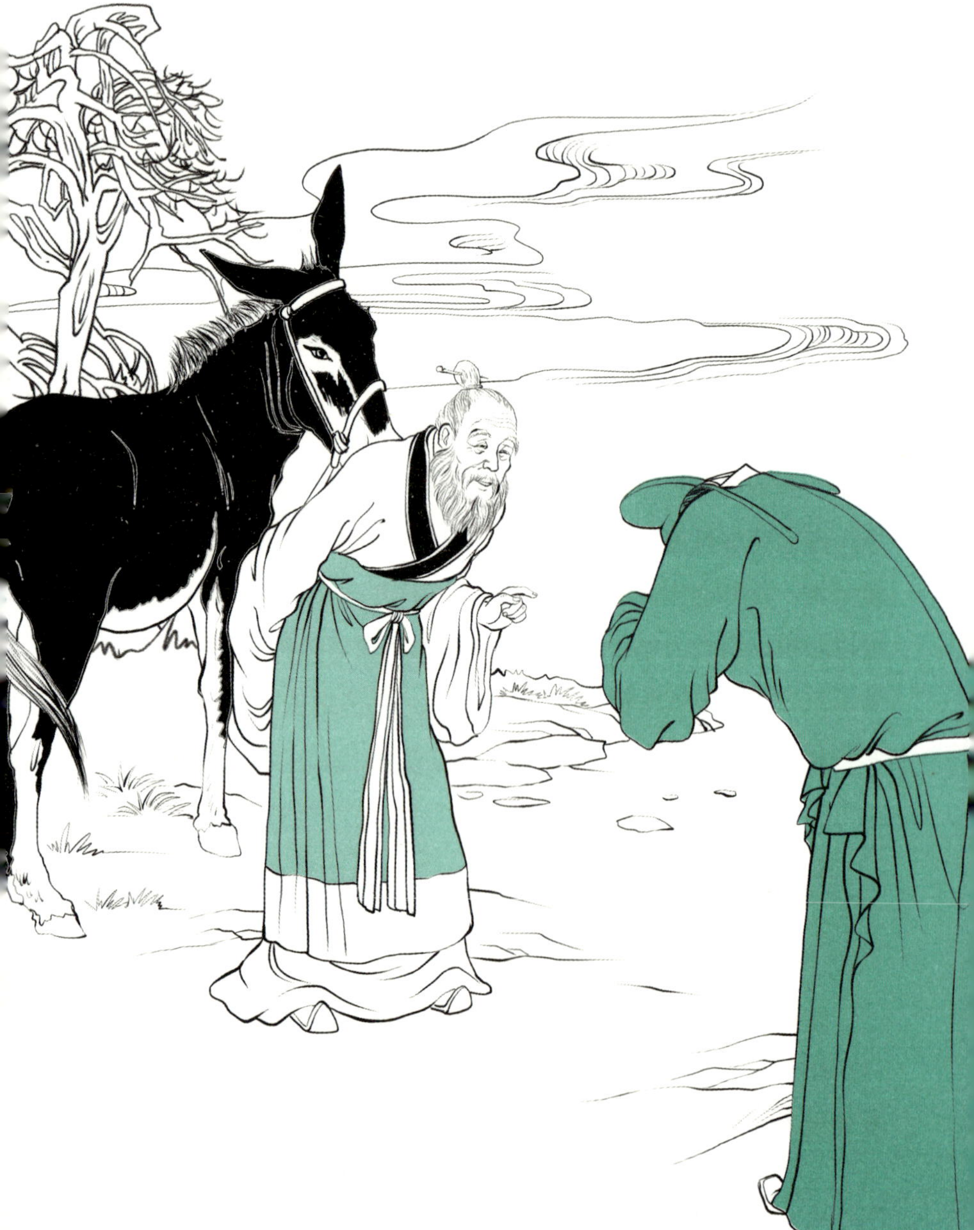

家属。询问巷中的邻居,都说是西市卖穿钱绳的王老,再没有别的职业。贺知章看出王老是一个不平凡的人,经常在空闲日子到他那里去。老人接待他很恭敬谨慎,但只有一个小童子以供使唤。贺知章问他的职业,老人很随便地回答。贺知章和他往来增多,更加尊敬他,老人的话也逐渐多起来,于是在言谈中说了他善于修道炼丹之术。贺知章向来尊信重视道教,希望拜老人为师。后来贺知章和夫人拿一颗明珠,自己说是在家乡的时候得到的这颗珍珠,珍藏了多年,特地敬献给老人,请求老人讲授道法。老人把明珠交给童子,让童子买饼来。童子用明珠换来三十多个胡饼,并请贺知章吃。贺知章心想自己的宝珠,被如此轻易地使用,心里很不愉快。老人说:"道术可以用心获得,哪里是在于力争呢;悭惜之心不停止,道术没有办法成功。应当到深山穷谷中,勤奋地探索寻取它,不是在市朝所能传授的。"贺知章听了颇有感悟,拜了老人就离开了。过了几天,老人不见了。贺知章于是请求退休,入道还乡。

读后感悟

杜甫《饮中八仙歌》说:"知章骑马似乘船,眼花落井水底眠。"酒中之仙,贺知章排第一。其修仙访道,宝珠买饼,也算一件逸事。

李贺

原文诵读

陇西李贺字长吉，唐郑王之孙。稚而能文，尤善乐府词句，意新语丽。当时工于词者，莫敢与贺齿，由是名闻天下。以父名晋肃，子故不得举进士。卒于太常官，年二十四。其先夫人郑氏，念其子深，及贺卒，夫人哀不自解。一夕梦贺来，如平生时，白夫人曰："某幸得为夫人子，而夫人念某且深，故从小奉亲命，能诗书，为文章，所以然者，非止求一位而自饰也；且欲大门族，上报夫人恩。岂期一日死，不得奉晨夕之养，得非天哉！然某虽死，非死也，乃上帝命。"夫人讯其事。贺曰："上帝神仙之居也，近者迁都于月圃，构新宫，命曰'白瑶'，以某荣于词，故召某与文士数辈，共为新宫记。帝又作凝虚殿，使某辈纂乐章。今为神仙中人，甚乐，愿夫人无以为念。"既而告去。夫人寤，甚异其梦。自是哀少解。（出《宣室志》）

译文

陇西人李贺，字长吉，是唐代郑王的孙子。李贺小时候就能写文章，尤为擅长乐府诗词，他写的乐府诗词，内容新颖，

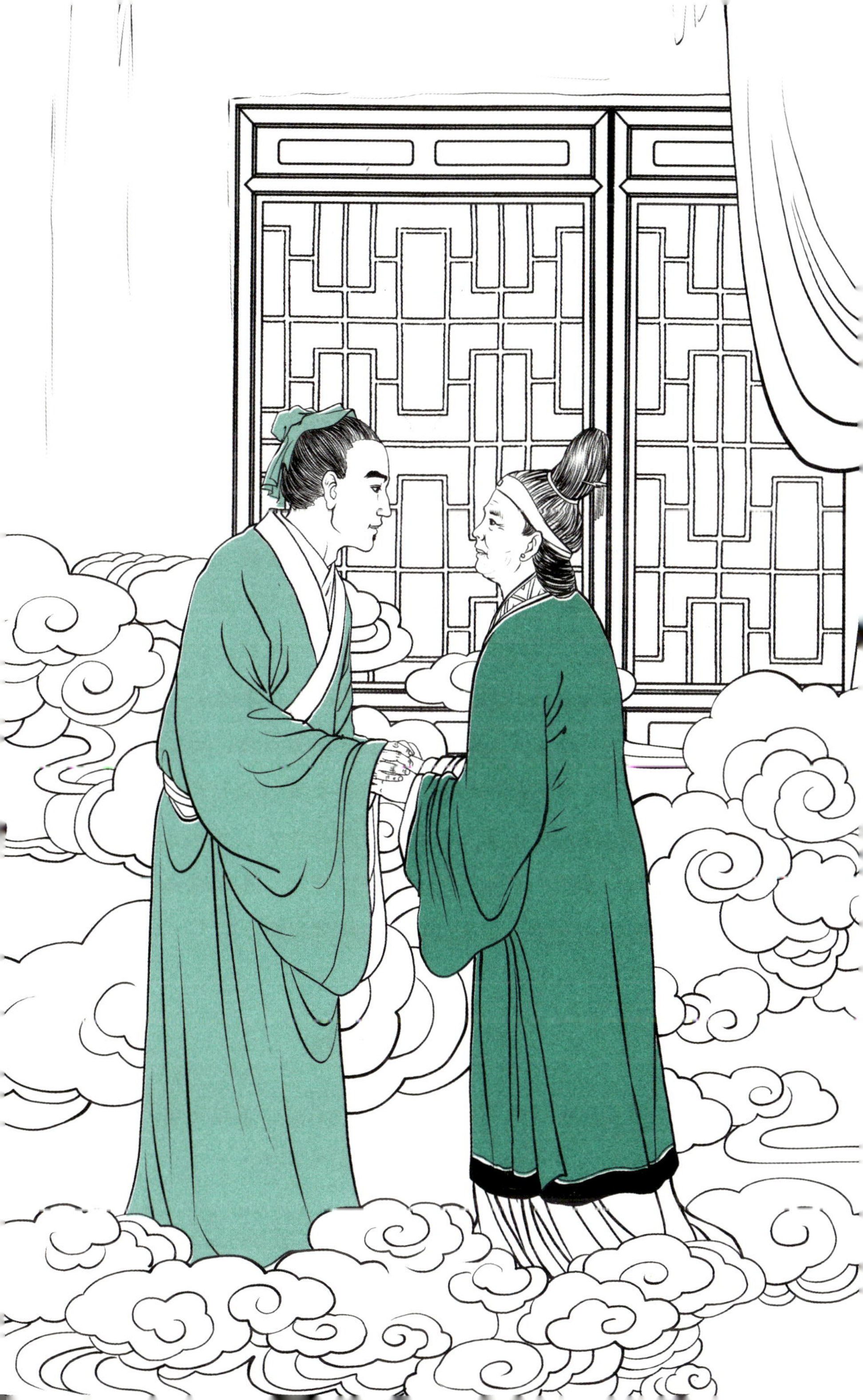

语言华丽。当时擅长写作诗词的人，没有敢和李贺并列的，因此，李贺闻名天下。因为他的父亲名字叫李晋肃，因避讳，不能考举进士。最终，他在太常官任上去世，享年二十四岁。他的母亲郑氏，非常惦念儿子，等到李贺去世，夫人非常悲伤，自己不能排解。一天晚上，梦到李贺归来，像平常活着的时候一样，李贺告诉夫人说："我很幸运能够成为夫人您的儿子，夫人十分惦念我，所以我从小遵从父母的教诲，能够读书写诗作文章，这样做的原因，不只是为了求得一个官位来自我修饰，更是要光耀门楣，上报夫人的恩惠。哪里想到一天死去，不能够奉陪双亲，晨夕供养，这难道不是天命吗？但是我虽然死了，其实不是死，是上帝的命令。"夫人问他是怎么回事。李贺说："上帝神仙的住处，最近迁都到月圃，建造了一座新宫殿，命名叫作'白瑶'，因为我的文章辞藻华丽，所以召见我和几位文士，一起为新造的宫殿写记述文章。上帝又建造了凝虚殿，派我们编写大乐曲。现在我是神仙中人，很快乐，希望夫人不要为我担心。"说完，就告辞离开了。夫人醒来，对自己做的梦感到很奇怪。从这以后悲伤稍有缓解。

读后感悟

李贺是晚唐诗人中的一颗璀璨的明珠，虽然仕途失意且英年早逝，其诗文却光焰万丈，流传不朽。

嵩岳嫁女

原文诵读

三礼田璆(qiú)者，甚有文，通熟群书，与其友邓韶博学相类。皆以人昧，不能彰其明。家于洛阳。元和癸巳岁，中秋望夕，携觞晚出建春门，期望月丁韶别墅。行二三里，遇韶，亦携觞自东来。驻马道周，未决所适。有二书生乘骢(cōng)，复出建春门。揖璆、韶曰："二君子挈榼，得非求今夕望月地乎？某弊庄，水竹台榭，名闻洛下。东南去此三二里。倘能迂辔(pèi)，冀展倾盖之分耳。"璆、韶甚惬所望，乃从而往。问其姓氏，多他语对。行数里，桂轮已升。至一车门，始入甚荒凉，又行数百步，有异香迎前而来，则豁然真境矣。泉瀑交流，松桂夹道；奇花异草，照烛如昼；好鸟腾裛(zhù)，和月阒。璆、韶请疾马飞觞。书生曰："足卜榼中。厥味何如？"璆、韶曰："乾和五酘，虽上清醍醐，计不加此味也。"书生曰："某有瑞露之酒，酿于百花之中，不知与足下五酘熟愈耳。"谓小童曰："折烛夜一花，倾与二君子尝。"其花四出而深红，圆如小瓶，径三寸余，绿叶形类杯，触之有余韵。小童折花至，于竹叶中凡飞数巡，其味甘香，不可比状。饮讫，又东南行。数里至一门，书生揖二客下马，觞以烛夜花中之余，贳诸从者，饮一杯，皆人醉，各止于户外。乃引客入，则有鸑鶴数十，腾舞来迎。步而前，花转，酒味尤美。其百花皆芳香，压枝于路傍。

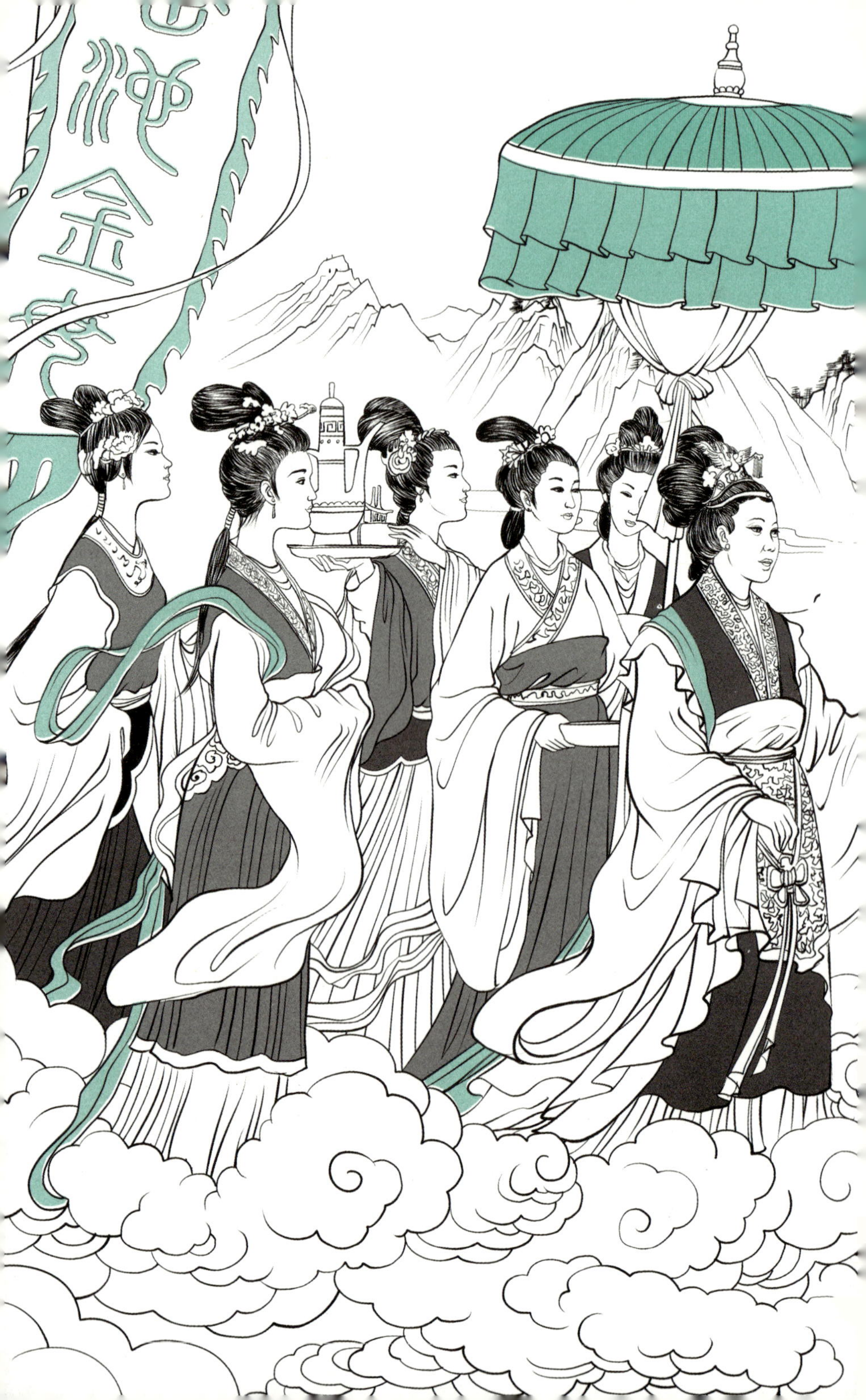

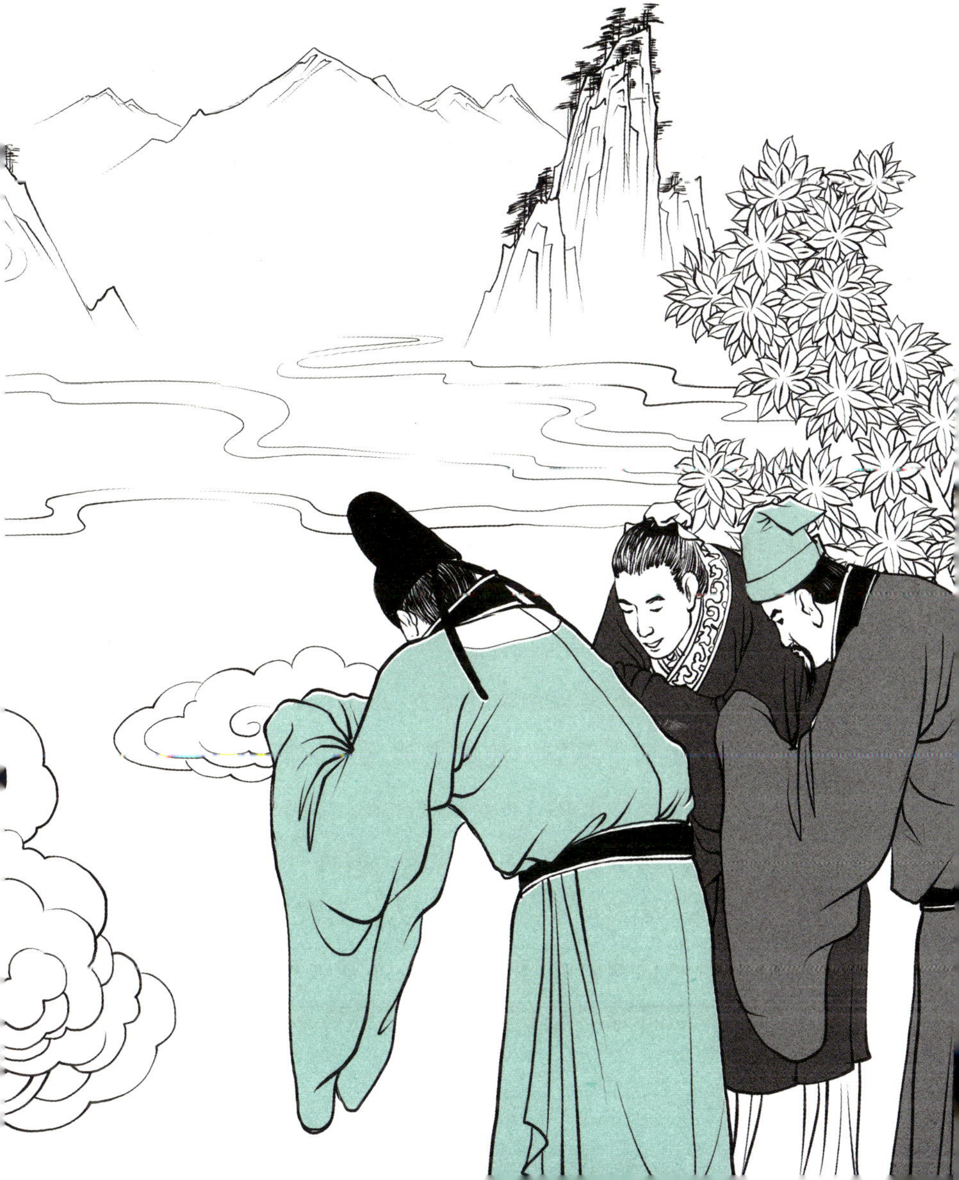

凡历池馆堂榭，率皆陈设盘筵，若有所待，但不留璆、韶坐。璆、韶饮多、行又甚倦，请暂憩盘筵。书生曰："坐以何难？但不利于君耳。"璆、韶诘其由。曰："今夕中天群仙，会于兹岳，籍君神魄，不杂腥膻。请以知礼导升降。此皆神仙位坐，不宜尘触耳。"言讫，见直北花烛亘天，箫韶沸空，驻云母双车于金堤之上，设水晶方盘于瑶幄之内。群仙方奏霓裳羽衣曲。书生前进，命璆、韶拜夫人。夫人褰(qiān)帷笑曰："下域之人，而能知礼，然服食之气，犹然射人，不可近他贵婿。可各赐薰髓酒一杯。"璆、韶饮讫，觉肌肤温润，稍异常人，呼吸皆异香气。夫人问左右："谁人召来？"曰："卫符卿、李八百。"夫人曰："便令此二童接待。"于是二童引璆、韶于神仙之后纵目。璆问曰："相者谁？"曰："刘纲。""侍者谁？"曰："茅盈。""东邻女弹筝击筑者谁？"曰："麻姑、谢自然。""幄中坐者谁？"曰："西王母。"俄有一人驾鹤而来，王母曰："久望。"有玉女问曰："礼生来未？"于是引璆、韶进，立于碧玉堂下左。刘君笑曰："适缘莲花峰士奏章，事须决遣，尚多未来客，何言久望乎？"王母曰："奏章事者，有何所为？"曰："浮梁县令求延年矣。以其人因贿赂履官，以苛虐为政，生情于案牍，忠恕之道蔑闻，唯锥于货财，巧为之计更作，自贻覆觫(sù)，以促余龄。但以莲花峰叟，狥(xùn)从于人，奏章甚恳，特纡死限，量延五年。"璆问："刘君谁？"曰："汉朝天子。"续有一人，驾黄龙，戴黄旗，道以笙歌，从以嫔嫡，及瑶幄而下。王母复问曰："李君来何迟？"曰："为敕龙神设水旱之计，作弥淮蔡，以歼妖逆。汉主曰:"奈百姓何?"曰:"上帝亦有此问,予一表断其惑矣。"曰:"可得闻乎?"曰:"不能悉记,略举大纲耳。其表云:'某县某,克构丕华,德洽兆庶,临履深薄,匪敢怠荒,不劳师车。平中夏巴蜀之孽,不费天府。扫东吴上党之妖,九有已见其廓,蚁犹固其封疆。若遣时丰人安,是稔群丑。但使年饿厉作,必摇人心。如此倒戈而攻,可以席卷。祸三州之逆党,所损至微。安六合之疾祲(jìn),其利则厚。伏请神龙施水,厉鬼行灾,由此天诛。以资战力。'"汉主曰:"表至嘉,弟既允许,可矣前贺诛锄矣。"书生谓璆、韶:"此开元天宝太平之主也。"未顷,闻箫韶自空而来,执绛节者前唱言:"穆天子来,奏乐!"群仙皆起,王母避位拜迎,二主降阶,入幄环坐而饮。王母曰:"何不拉取老轩辕来?"曰:"他今夕主张月宫之宴,非不勤请耳。"王母又曰:"瑶池一别后,陵谷几迁移,向来观洛阳东城,已丘墟矣。定鼎门西路,忽焉复新市朝云。名利如旧,可以悲叹耳!"穆王把酒,请王母歌。以珊瑚钩击盘而歌曰:"劝君酒,为君悲。"且吟曰:"自从频见市朝改,无复瑶池晏乐心。"王母持杯,穆天子歌曰:"奉君酒,休叹市朝非。早知无复瑶池兴,悔驾骅骝草草归。"歌竟,与王母话瑶池旧事。乃重歌一章云:"八马回乘汗漫风,犹思往事憩昭宫。晏移南圃情方洽,乐奏钧天曲未终。斜汉露凝残月冷,流霞杯泛曙光红。昆仑回首不知处,疑是酒酣魂梦中。"王母酬穆天子歌曰:"一曲笙歌瑶水滨,曾留逸足驻征轮。人间甲子周千岁,灵境杯觞初一巡。玉兔银河终不夜,奇花好树镇长春。悄知碧海饶词句,歌向俗流疑误人。"酒至

汉武帝，王母又歌曰："珠露金风下界秋，汉家陵树冷翛（xiāo）翛。当时不得仙桃力，寻作浮尘飘陇头。"汉主上王母酒曰："五十余年四海清，自亲丹灶得长生。若言尽是仙桃力，看取神仙簿上名。"帝把酒曰："吾闻丁令威能歌。"命左右召来。令威至，帝又遣子晋吹笙以和，歌曰："月照骊山露泣花，似悲仙帝早升遐。至今犹有长生鹿，时绕温泉望翠华。"帝持杯久之。王母曰："应须召叶静能来，唱一曲当时事。"静能续至，跪献帝酒，复歌曰："幽蓟烟尘别九重，贵妃汤殿罢歌钟。中宵扈从无全仗，大驾苍黄发六龙。妆匣尚留金翡翠，暖池犹浸玉芙蓉。荆榛一闭朝元路，唯有悲风吹晚松。"歌竟，帝凄惨良久，诸仙亦惨然。于是黄龙持杯，亦于车前再拜祝曰："上清神女，玉京仙郎。乐此今夕，和鸣凤凰。凤凰和鸣，将翱将翔。与天齐休，庆流无央。"仙郎即以鲛绡五千匹，海人文锦三千端，琉璃琥珀器一百床，明月骊珠各十斛，赠奏乐仙女。乃有四鹤立于车前，载仙郎并相者侍者，兼有宝花台。俄进法膳，凡数十味，亦霑及璆、韶。璆、韶饮。有仙女捧玉箱，托红笺笔砚而至。请催妆诗。于是刘纲诗曰："玉为质兮花为颜，蝉为鬓兮云为鬟。何劳傅粉兮施渥丹，早出娉婷兮缥渺间。"于是茅盈诗云："水晶帐开银烛明，风摇珠珮连云清。休匀红粉饰花态，早驾双鸾朝玉京。"巢父诗曰："三星在天银河回，人间曙色东方来。玉苗琼蕊亦宜夜，莫使一花冲晓开。"诗既入，内有环珮声。即有玉女数十，引仙郎入帐。召璆、韶行礼。礼毕，二书生复引璆、韶辞夫人。夫人曰："非无至宝可以相赠，但尔力不任挈耳。"各赐延寿酒一杯，

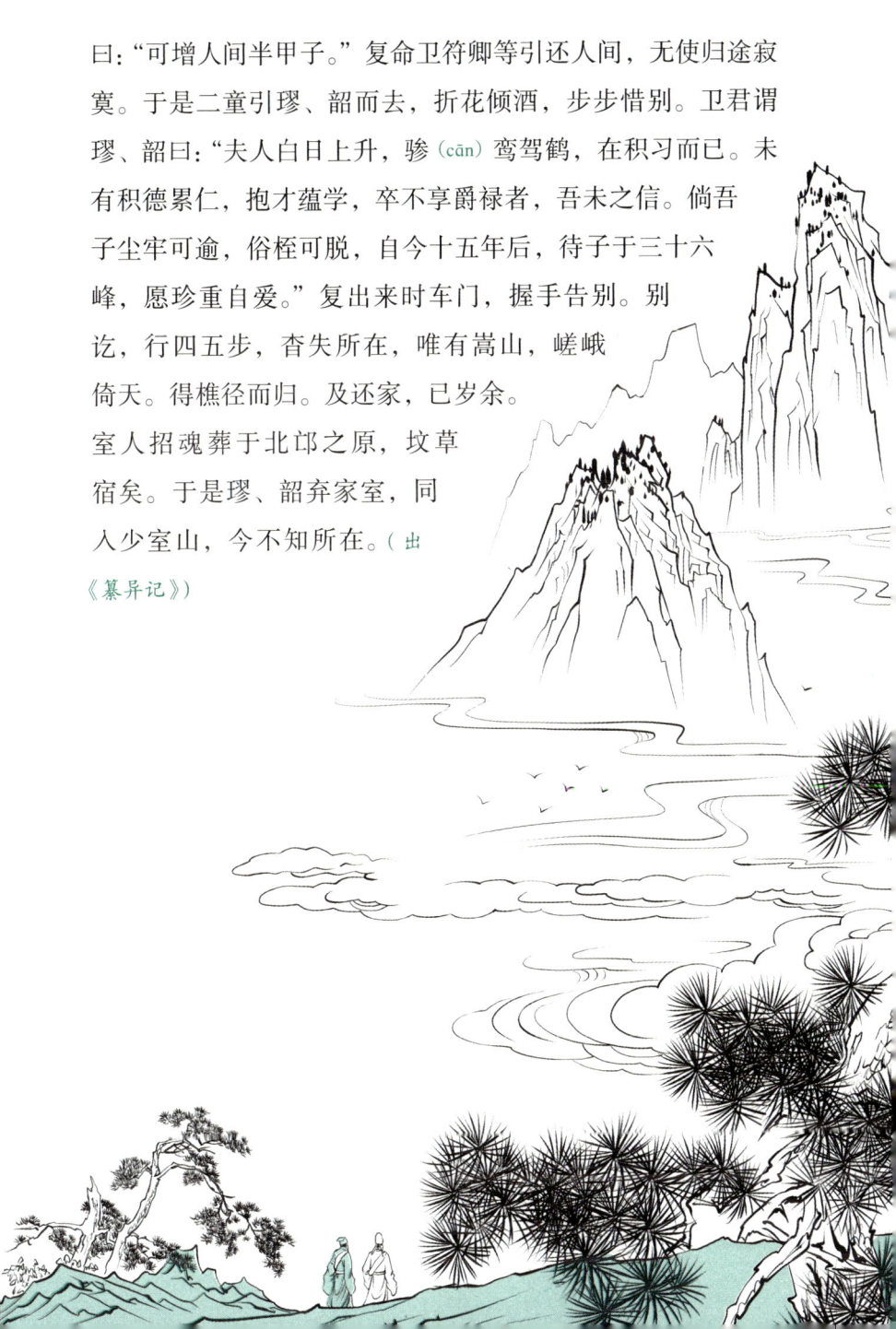

曰:"可增人间半甲子。"复命卫符卿等引还人间,无使归途寂寞。于是二童引璆、韶而去,折花倾酒,步步惜别。卫君谓璆、韶曰:"夫人白日上升,骖(cān)鸾驾鹤,在积习而已。未有积德累仁,抱才蕴学,卒不享爵禄者,吾未之信。倘吾子尘牢可逾,俗栓可脱,自今十五年后,待子于三十六峰,愿珍重自爱。"复出来时车门,握手告别。别讫,行四五步,杳失所在,唯有嵩山,嵯峨倚天。得樵径而归。及还家,已岁余。室人招魂葬于北邙之原,坟草宿矣。于是璆、韶弃家室,同入少室山,今不知所在。(出《纂异记》)

译文

三礼田璆很有文采,精通熟悉群书,和他的朋友邓韶一样博学多闻,但都因为人过于老实,不能把优点彰显出来。他在洛阳定居,元和癸巳年,中秋节晚上,田璆携带酒具,傍晚从建春门出来,准备到邓韶的别墅赴约赏月。走了二三里地,遇到了邓韶,邓韶也携带着酒具从东边走来。两个人在道边停下马,还没有决定往哪里去。有两位书生骑着青白色的马,也从建春门出来。他们对田璆、邓韶作揖行礼,说:"二位君子带着酒具,莫非是寻找今天晚上赏月的地方吗?我有个庄园,有水竹台榭,在洛阳一带有名气,往东南走,离这二三里地。倘能调转马头,我希望能够一展仰慕之情。"田璆、邓韶对二位书生的邀请很满意,于是跟着他们前往。询问这二位书生的姓名,多用别的话回答。走了几里地,月亮已经升起来。到了一小门,刚进去时觉得很荒凉,又走了几百步,就有特别的香味迎面而来,真是突然之间到了仙境了。那里山泉瀑布交相流动,松树、桂树布满路边,奇异的花草随处可见,明烛照耀如同白昼,好看的小鸟飞腾上下,与天上的宫阙相应和。田璆、邓韶想快马加鞭,以便流觞痛饮。书生问道:"您的酒器中的酒,味道怎么样?"田璆、邓韶回答说:"我们带的是乾和五酘酒,即使是上清宫的醍醐,恐怕也比不上这种酒的味道。"书生说:"我有瑞露酒,在百花之中酿成,不知与您的五酘酒相比哪个更好。"于是对小童说:"折一支烛夜花,倒给二位先生尝尝。"烛夜花每枝四朵，颜色深红，花形圆如小瓶，直径三寸多，绿叶形似酒杯，触碰它还有余香。小童把花折来，在竹叶中一共传饮数巡。花汁味道又甜又香，不可比拟言说。喝完后，又往东南走，过了几里，来到一个门前，书生揖请二位客人下马，又用酒杯装上了烛夜花中剩下的瑞露酒，赏给从者每人一杯，众人都喝得大醉，各自在门外休息。于是书生领着二位客人入内，这时就有几十只鸾鸟、仙鹤、腾舞着来迎接。迈步向前走，鲜花到处都是，酒味更美了。那里的百花都散发着芳香，把花枝压得低垂于路旁。凡是经过池馆堂榭，全都陈设着盘筵，好像是等人，只是不留田璆、邓韶去坐。田璆、邓韶喝多了，走得又很疲倦，要求休息。书生说："坐一坐又有何难？只不过对您不利而已。"田璆、邓韶问他其中的缘故。书生说："今天晚上，天上群仙在这座山岳聚会，借您的神魂，不与腥膻相混杂。因为您知礼仪，请您引导升降。这都是群仙的座位，尘世人不宜触动啊。"说完，就看见正北花烛在天空连绵不断，仙乐使天空沸腾起来，在全堤之上停驻着云母双车，在瑶幄之内摆设着水晶方盘。群仙正演奏着《霓裳羽衣曲》。书生向前走近，命田璆、邓韶参拜夫人。夫人掀开帷幕笑着说："下界的人却能懂得礼仪，然而衣服、食物的气味还是这样熏人，不能让他们靠近贵婿。可以各赏他们一杯薰髓酒。"田璆、邓韶喝完薰髓酒，觉得肌肤温润，渐渐与平常人不同，呼吸都有异香气。夫人问身边的侍者："是谁把他们召来的？"回答说："卫符卿、李八百。"夫人说："那就令这两个童子接待。"于是这二童把田璆、邓韶领到神仙之后放眼观看。田璆问童子说："主持仪式的人是谁？"童子回答说：

"刘纲。"田璆又问:"充当侍者的是谁?"回答说:"茅盈。""东邻弹筝击筑的女子是谁?"回答说:"是麻姑、陶自然。""帷幄之中坐着的人是谁?"回答说:"西王母。"不一会儿,有一个人驾鹤而来,王母说:"久望。"有玉女问道:"主持礼仪的人来没来?"于是把田璆、邓韶领进去,站在碧玉堂下左边。刘君笑着说:"刚才由于莲花峰士奏章的缘故,事情必须决断处置,还有许多客人没来,怎么说久望呢?"王母说:"奏章言事的人,所为什么事?"刘君说:"浮梁县令祈求延长寿命。因为他这个人凭贿赂当官,用苛刻残酷的办法处理政务,在办公文书上徇私情,没听说他有忠恕之道,唯独在财产上使劲钻营,巧取豪夺的办法层出不穷,自己给自己留下覆灭的结果,因而折损余寿。但因莲花峰叟屈从于人,奏章写得很恳切,特请将浮梁县令的死限延后五年。"田璆问:"刘君是谁?"童子回答说:"是汉朝的天子。"接着有一个人驾着黄龙,带着黄色的旗子,以笙歌作为前导,众仙女跟随,来到瑶幄边就下降了。王母又问道:"李君怎么来得这么晚?"李君回答说:"因为下令让龙神安排水旱的计划,兴雨弥满淮蔡,用以歼灭妖逆。"汉帝说:"老百姓怎么办?"李君说:"上帝也有这个疑问,我一道表章就解决他的疑惑了。"汉帝说:"可以让我听一听你的表章内容吗?"李君说:"不能全部记住,只略举大纲吧。"那道表章大意是:"某县某,克构丕华,德政通及千万百姓,治理百姓履行职责,该深则深,该薄则薄,不敢耽误荒废,不必劳动雨师之车。平定中夏巴蜀的妖孽,不枉费天府之力。扫荡东吴上党的妖孽,已十有九成被廓清,蝼蚁尚且巩固其封疆。如果让岁时丰收,人心安定，这就养肥了群丑。只要庄稼歉收，灾害发作，一定会使人心摇动。如此老百姓就会倒戈而攻，可以席卷，祸及三州的逆党，所受的损害也最小。安定天下疾苦的百姓，其利就厚。请龙神施水，厉鬼行灾，由此天诛，以资战力。"汉帝说："表章很好，既已允许，可以提前祝贺诛除妖孽了。"书生告诉田璆、邓韶："这个人就是开元天宝年间的太平天子李隆基。"不久，又听到仙乐从空中传来，手举绛色符节的人在前面大声说："穆天子来了，奏乐！"群仙都站起来，王母也离开座位拜迎，两个皇帝也降阶出迎，然后一起入帷幄之中环坐而饮。王母说："为何不把老轩辕拉来？"穆天子说："他今天晚上主持月宫的宴席，不是没有殷勤邀请啊。"王母又说："瑶池一别之后，山谷几经变迁移动，刚才来时观看洛阳东城，已变成土丘废墟了。定鼎门西路，转眼间又变为新的市朝。人们的名利思想还和先前一样，可悲可叹啊！"穆王把酒，请王母唱歌。王母就用珊瑚钩敲击玉盘唱道："劝君酒，为君悲。"又吟唱道："自从频见市朝改，无复瑶池晏乐心。"王母持杯，穆天子唱道："奉君酒，休叹市朝非。早知无复瑶池兴，悔驾骅骝草草归。"唱完以后，与王母说起瑶池相会时的往事。于是又重新歌唱一段："八马回乘汗漫风，犹思往事憩昭宫。晏移南囿情方洽，乐奏钧天曲未终。斜汉露凝残月冷，流霞杯泛曙光红。昆仑回首不知处，疑是酒酣魂梦中。"王母酬答穆天子唱道："一曲笙歌瑶水滨，曾留逸足驻征轮。人间甲子周千岁，灵境杯觞初一巡。玉兔银河终不夜，奇花好树镇长春。悄知碧海饶词句，歌向俗流疑误人。"轮到给汉武帝敬酒，王母又唱道："珠露金风下界秋，汉家陵树冷鬋鬋。当时不得仙桃力,寻作浮尘飘陇头。"汉武帝给王母敬酒说:"五十余年四海清,自亲丹灶得长生。若言尽是仙桃力,看取神仙簿上名。"汉武帝又拿着酒杯说:"我听说丁令威擅长唱歌。"就命左右之人去把他召来。丁令威来到,汉武帝又派子晋吹笙来伴奏,丁令威唱道:"月照骊山露泣花,似悲仙帝早升遐。至今犹有长生鹿,时绕温泉望翠华。"汉武帝持杯良久。王母娘娘说:"应该把叶静能召来,让他唱一曲时下的事。"叶静能接着来到,跪着给唐玄宗敬酒,又唱道:"幽蓟烟尘别九重,贵妃汤殿罢歌钟。中宵扈从无全仗,大驾苍黄发六龙。妆匣尚留金翡翠,暖池犹浸玉芙蓉。荆榛一闭朝元路,唯有悲风吹晚松。"歌唱结束,唐玄宗凄惨良久,诸位神仙也神情凄然。于是黄龙拿着酒杯,也在车前拜了两次致祝词说:"上清神女,玉京仙郎。乐此今夕,和鸣凤凰。凤凰和鸣,将翱将翔。与天齐休,庆流无央。"仙郎就用鲛绡五千匹、海人文锦三千端、琉璃琥珀器一百床、明月骊珠各十斛,赠送给奏乐的仙女。于是有四只仙鹤立于车前,载着仙郎和相者侍者,还有宝花台。过了一会儿,进献法膳,共几十道美味佳肴,连田璆、邓韶也沾了光。田璆、邓韶饮了酒。有仙女捧着玉箱,托着红纸和笔砚而来,请写催妆诗。于是刘纲写道:"玉为质兮花为颜,蝉为鬓兮云为鬟。何劳傅粉兮施渥丹,早出娉婷兮缥缈间。"于是茅盈作诗写道:"水晶帐开银烛明,风摇珠珮连云清。休匀红粉饰花态,早驾双鸾朝玉京。"巢父作诗写道:"三星在天银河回,人间曙色东方来。玉苗琼蕊亦宜夜,莫使一花冲晓开。"这些诗送进去以后,里面发出环珮响动的声音。于是就有几十位玉女,引领仙郎入帷帐,召田璆、邓韶去执行礼仪。礼仪完毕，两个书生又领着田璆、邓韶向夫人辞行，夫人说："不是没有最好的宝物可以赠送给你们，只不过你们没有力量携带而已。"于是各赏他们一杯延寿酒，说："可以增加人间半个甲子的寿命。"又命令卫符卿等把两人带回人间，不要让他们在回去的路上感到寂寞。于是两个童子领着田璆、邓韶离去，一路上二童又折了烛夜花给他俩倒瑞露酒，他们每走一步都恋恋不舍。卫符卿对田璆、邓韶说："人能够在大白天升天成仙，让鸾鸟仙鹤驾车，在于长期积习而已。积累仁德而又胸蕴才学，始终不能享受爵禄的人，我不相信有这样的事情。倘若您能够跳出尘缘的牢笼，能够解脱世俗的桎梏，从现在开始十五年后，我在三十六峰等你们，希望你们珍重自爱。"又从来时的东门出来，双方握手告别。分别以后，走了四五步，消失不见，只有嵩山高高耸立。他们找到一条砍柴人走出的小路走了回来。等到回到家里，已过去一年多了。家里人以为他们死了，在洛阳北邙山的原野之中为他们招魂，坟上的草已经老了。于是田璆、邓韶就抛弃家室，一同进入少室山，现在不知道在哪里。

读后感悟

中秋节是我国的传统节日，由这篇可见，早在唐代，人们就有中秋宴饮赏月的习俗了。

裴航

原文诵读

唐长庆中，有裴航秀才，因下第游于鄂渚，谒故旧友人崔相国。值相国赠钱二十万，远挈归于京，因佣巨舟，载于湘汉。同载有樊夫人，乃国色也。言词问接，帷帐昵洽。航虽亲切，无计道达而会面焉。因赂侍妾袅烟，而求达诗一章曰："同为胡越犹怀想。况遇天仙隔锦屏。倘若玉京朝会去，愿随鸾鹤入青云。"诗往，久而无答。航数诘袅烟，烟曰："娘子见诗若不闻，如何？"航无计。因在道求名酝珍果而献之。夫人乃使袅烟召航相识。乃褰帷，而玉莹光寒，花明丽景，云低鬟鬓，月淡修眉，举止烟霞外人，肯与尘俗为偶。航再拜揖，瞠眙(è chì)良久之。夫人曰："妾有夫在汉南，将欲弃官而幽栖岩谷，召某一诀耳，深哀草扰，虑不及期，岂更有情留盼他人？的不然耶，但喜与郎君同舟共济，无以谐谑为意耳。"航曰："不敢。"饮讫而归，操比冰霜，不可干冒。夫人后使袅烟持诗一章曰："一饮琼浆百感生，玄霜捣尽见云英。蓝桥便是神仙窟，何必崎岖上玉清。"航览之。空愧佩而已，然亦不能洞达诗之旨趣。后更不复见，但使袅烟达寒暄而已。遂抵襄汉，与使婢挈妆奁(lián)，不告辞而去，人不能知其所造。航遍求访之。灭迹匿形，竟无踪兆。遂饰妆归辇下。经蓝桥驿侧近，因渴甚，遂下道求浆而饮。

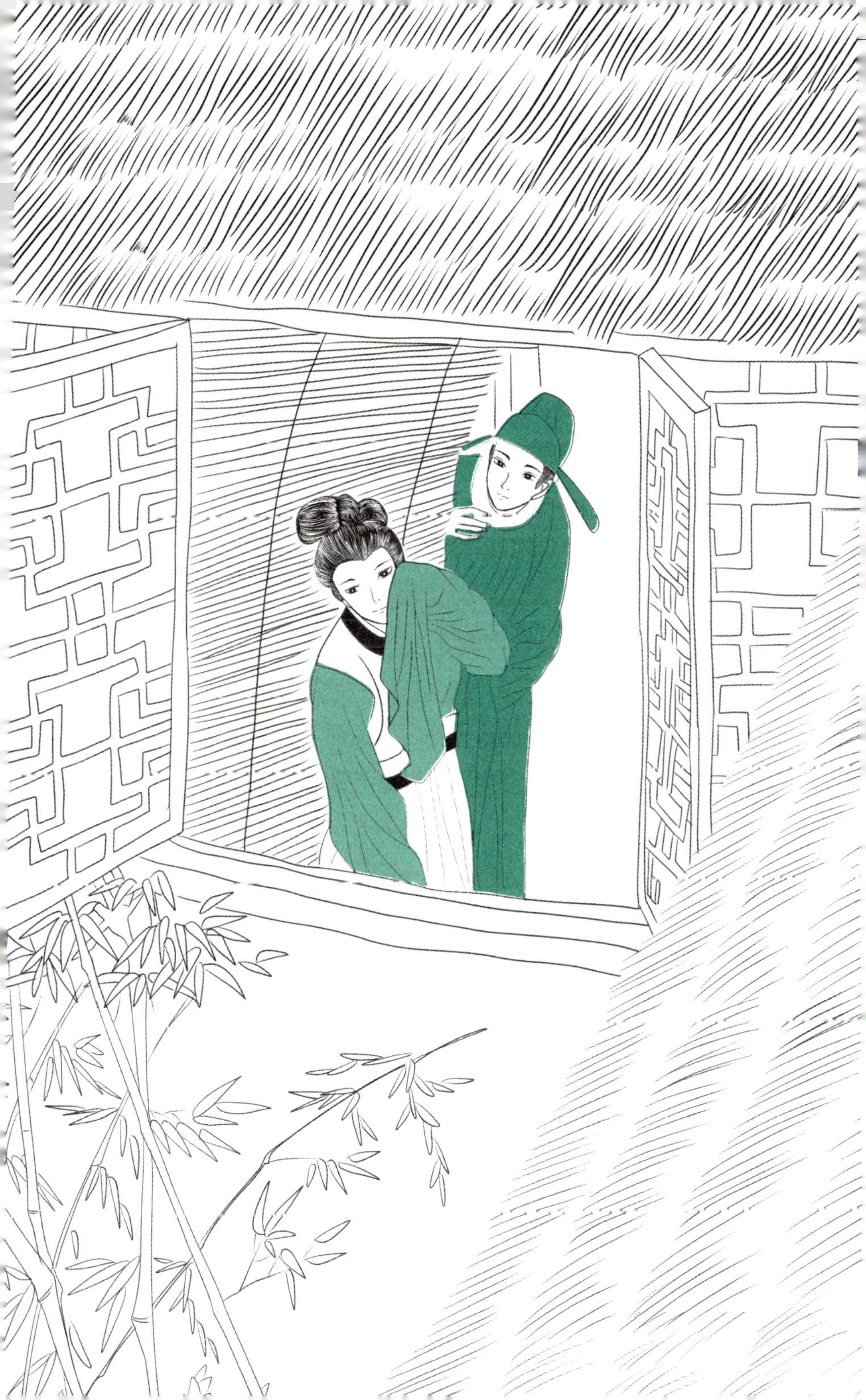

见茅屋三四间，低而复隘，有老妪缉麻芦。航揖之求浆，妪咄曰："云英擎一瓯浆来，郎君要饮。"航讶之，忆樊夫人诗有云英之句，深不自会。俄于苇箔之下出双玉手捧瓷，航接饮之，真玉液也，但觉异香氤郁，透于户外。因还瓯，遽揭箔。睹一女子，露裹琼英，春融雪彩，脸欺腻玉，鬓若浓云。娇而掩面蔽身，虽红兰之隐幽谷，不足比其芳丽也。航惊怛，植足而不能去。因白妪曰："某仆马甚饥，愿憩于此，当厚答谢，幸无见阻。"妪曰："任郎君自便。"且遂饭仆秣（mò）马。良久谓妪曰："向睹小娘子，艳丽惊人，姿容擢世，所以踌躅而不能适，愿纳厚礼而娶之，可乎？"妪曰："渠已许嫁一人，但时未就耳。我今老病，只有此女孙，昨有神仙，遗灵丹一刀圭，但须玉杵臼捣之百日，方可就吞，当得后天而老。君约取此女者，得玉杵臼，吾当与之也。其余金帛，吾无用处耳。"航拜谢曰："愿以百日为期。必携杵臼而至，更无他许人。"妪曰："然。"航恨恨而去。及至京国，殊不以举事为意，但于坊曲闹市喧衢（qú），而高声访其玉杵臼，曾无影响。或遇朋友，若不相识，众言为狂人。数月余日，或遇一货玉老翁曰："近得虢州药铺卞老书，云有玉杵臼货之，郎君恳求如此，此君吾当为书导达。"航愧荷珍重，果获杵臼。卞老曰："非二百缗不可得。"航乃泻囊，兼货仆货马，方及其数。遂步骤独挈而抵蓝桥。昔日妪大笑曰："有如是信士乎？吾岂爱惜女子，而不酬其劳哉。"女亦微笑曰："虽然，更为吾捣药百日，方议姻好。"妪于襟带间解药，航即捣之，昼为而夜息，夜则妪收药臼于内室。航又闻捣药声，因窥之，有玉兔持杵臼，而雪光辉室，可鉴毫芒，于是航之意愈坚。如此日足，妪持而吞之曰："吾当入洞而告姻戚，为裴郎具帐帏。"遂挈女入山，谓航曰："但少留此。"逡巡车马仆隶，迎航而往。别见一大第连云。珠扉晃日，内有帐幄屏帏，珠翠珍玩，莫不臻至，愈如贵戚家焉。仙童侍女，引航入帐就礼讫，航拜妪。悲泣感荷。妪曰："裴郎自是清冷裴真人子孙，业当出世，不足深愧老妪也！"及引见诸宾，多神仙中人也。后有仙女，鬟髻霓衣，云是妻之姊耳。航拜讫，女曰："裴郎不相识耶？"航曰："昔非姻好，不醒拜侍。"女曰："不忆鄂渚同舟回而抵襄汉乎？"航深惊怛，恳悃（kǔn）陈谢。后问左右，曰："是小娘子之姊云翘夫人，刘纲仙君之妻也，已是高真，为玉皇之女吏。"妪遂遣航将妻入玉峰洞中，琼楼殊室而居之。饵以绛雪琼英之丹。体性清虚，毛发绀绿，神化自在，趋为上仙。至太和中，友人卢颢，遇之于蓝桥驿之西，因说得道之事。遂赠蓝田美玉十斤，紫府云丹一粒，叙语永日，使达书于亲爱。卢颢稽颡（sǎng）曰："兄既得道，如何乞一言而教授。"航曰："老子曰，'虚其心，实其腹。'今之人，心愈实，何由得道之理。"卢子蒂懵然，而语之曰："心多妄想，腹漏精溢，即虚实可知矣。凡人自有不死之术，还丹之方，但子未便可教，异日言之。"卢子知不可请，但终宴而去。后世人莫有遇者。（出《传奇》）

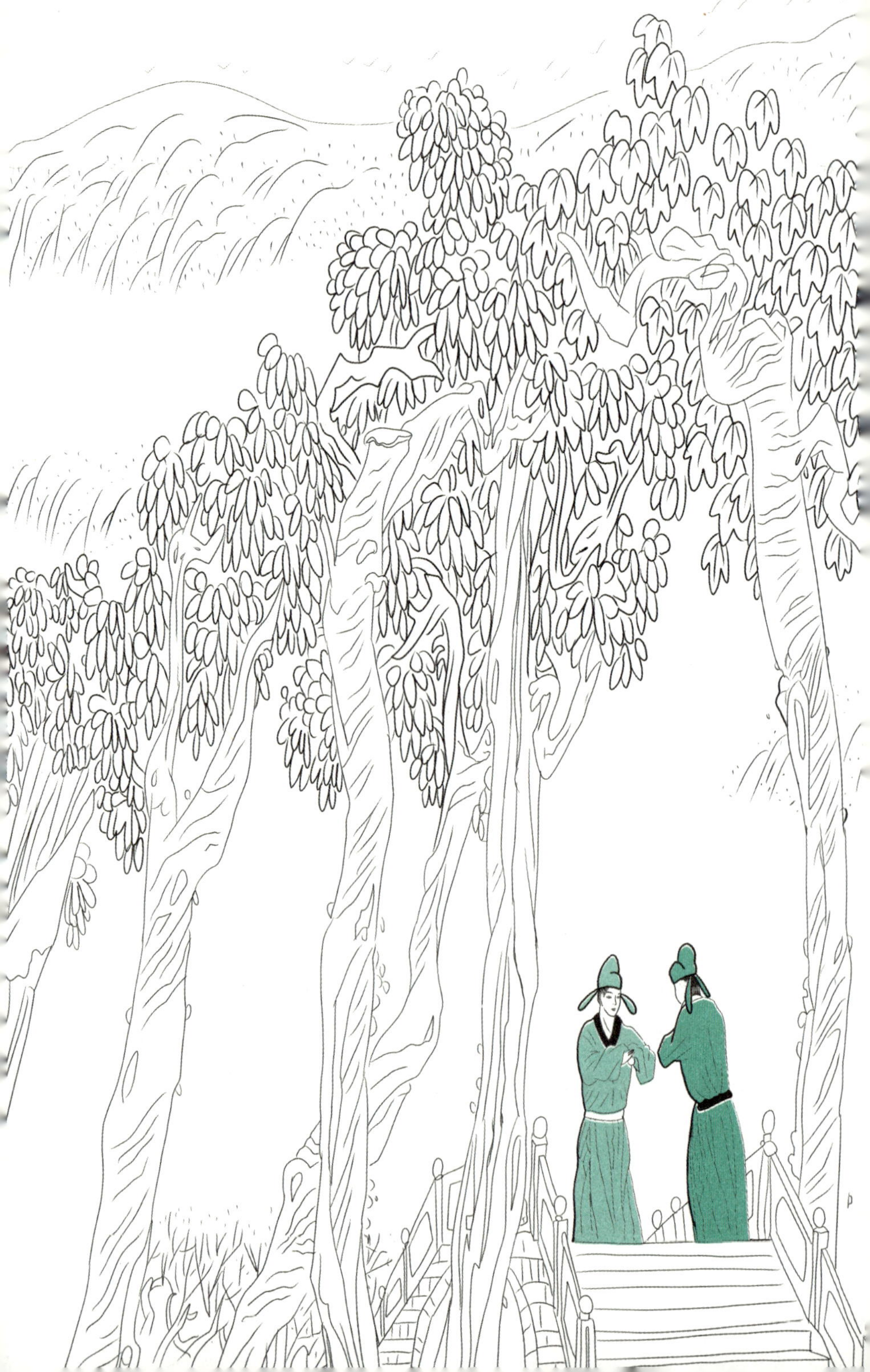

神仙

译文

唐代长庆年间,有个名叫裴航的秀才,他由于考试落第,便到鄂州鄂渚游玩,看望老朋友崔相国。正好崔相国慷慨解囊,送给裴航二十万钱。于是裴航携带着巨款,准备回到京城,他雇了一条大船,行驶在湘江、汉水中。同船中的还有樊夫人,她容貌姿色佳丽,国中少有。她与裴航说话打招呼,虽然是隔着帷帐,但是却很亲密。裴航虽然很想亲近她,但是一时想不出办法转达他的心意而和她见面。因此,裴航贿赂她的侍女袅烟,并写了一首诗请求传送:"同为胡越犹怀想,况遇天仙隔锦屏。倘若玉京朝会去,愿随鸾鹤入青云。"诗歌送到了樊夫人手里,久久没有回音。裴航几次追问袅烟,袅烟说:"娘子看见诗歌后,无动于衷,就好像是没有见到一样,你说怎么办?"裴航没办法,又在路上寻求购买名酒珍果来送给樊夫人。夫人见到礼品后,就让袅烟请裴航过来相见。等到裴航掀开帷帐,只见樊夫人面如白玉,晶莹光润,头上插花戴簪,明丽风光,青发低垂,鬟鬓如云,一弯长眉,宛如淡月,举止情态,正如烟霞之外的仙人,岂肯与世俗混同?裴航连连揖拜,两眼惊呆呆地望着夫人许久。夫人开口说:"我有丈夫在汉南,他准备丢弃官职隐居山林,因此召我前去诀别。此时哀痛烦扰,担心误了诀别的日期,哪里更有闲情顾盼别人,你说是不是这样呢?不过还是很高兴与郎君同舟共济,不要把刚才的戏谑言辞放在心上。"裴航说道:"不敢。"饮了几口酒,便回到自己的舱中。樊夫人的操行洁如冰霜,不可冒犯。夫人后来写了一首诗,派袅烟送给裴航。诗中写道:"一饮琼浆百感生,玄霜捣尽见云英。蓝桥便是神仙窟,何必崎岖上玉清。"裴航阅读后,徒然惭愧、敬佩一番,但对诗中的旨意趣味却不明白。以后,他再也没有面见过樊夫人,只是通过袅烟寒暄问候而已。后来船只到达了襄阳,樊夫人使女仆拿着妆奁,没有告辞便下船,也不知道她们到什么地方去了。裴航后来到处寻访查找,而樊夫人无踪无影,一点线索也没有。于是只好打点行装,穿戴整齐,回归京城。当他路经蓝桥驿站旁边时,因为特别口渴,就离开大道找水喝。只见前面有低矮狭窄的茅屋三四间,有个老婆婆正在搓麻绳。裴航行礼,请求水喝。老婆婆出口喊道:"云英,端一碗水来,过路的郎君要喝。"裴航听到猛然一惊,想起樊夫人诗中有云英之句,只是当时觉得深奥不能理解。项刻间,从苇箔编的门帘中,伸出一双如玉的手,端着一只瓷碗。裴航伸手接过来,开始喝水。这水犹如玉液一般,只觉得香气浓郁,从屋里飘出来。裴航喝完,因为还碗,便掀开门帘,看见一个女子,犹如清露润湿的花朵、春雪融透的绿叶,脸色细腻洁白,胜过温润的美玉,乌黑的鬓发,宛如飘拂的浓云,掩面遮身,不胜娇俏羞涩,即使是生长在幽谷里的红兰,也不足以与她的芳香美丽相比。裴航惊美不已,呆若木鸡,久久不能移动。过后,裴航便向老婆婆请求说:"我的仆人和马也很饥饿了,希望在这里休息会儿,我自会厚礼酬谢,希望不要拒绝。"老婆婆说:"请郎君自便吧。"于是安排仆人吃饭,准备草料喂马。过了好长时间,裴航对老婆婆说:"刚才看见小娘子艳丽惊人,姿容佳美,天下少有,所以踌躇不定,不愿意离开这里,现在我愿意用丰厚的聘礼,娶小娘子,不知能否允许?"老婆婆说:"她已经许给人家了,但并没有成婚。现在我衰老多病,身边就这么一个孙女。昨天来了一个神仙留给我一点点灵丹,须用玉杵臼捣上一百天,才可以吞服,吞服后可以活的寿数比天还长。郎君要是约定娶这个女子,必须得到玉杵臼,那样,我就把她许给你,其余的金钱丝帛,对我毫无用处。"裴航拜谢道:"希望以一百天为期,我一定携带玉杵臼来,不要把小娘子许给别人。"老婆婆说:"好吧。"裴航遗憾地离开。等到了京城,他把科举考试的事完全丢在一边,只是在大街小巷、喧哗闹市,高声寻呼访求玉杵臼,但一点回音都没有。有时路上遇到朋友,仍然寻呼玉杵臼,好像与朋友根本不曾相识,大家都说他是个狂人。三个多月过去了,离一百天期限就剩下几天了,这时遇上了一个买卖玉器的老翁。老翁对裴航说:"近日得到虢州药铺卞老的书信,说有玉杵臼要卖。我见你如此恳切地寻找,就替你写封回信联系吧。"裴航由于一心珍重诺言,终于找到了玉杵臼的下落。卞老指着玉杵臼说:"没有二百缗就不能得到。"裴航便把钱袋里的钱全部倒出来,又加上转卖仆人和马的钱,才刚刚凑够钱数。裴航得了玉杵臼,便独自一人大步流星地向蓝桥赶去。往日的老婆婆见了裴航,大笑说:"竟有这样守信用的人啊?我哪能光是怜惜我的孙女而不酬报他的辛勤追求呢?"但小娘子笑着说:"虽然如此,再替我捣一百天的药,才好议论婚姻。"老婆婆在襟带里取出丹药,裴航就用玉杵臼捣药。这样，裴航白天捣药，晚上休息。等到晚上，老婆婆便把丹药和杵臼收放在内室里面。一天夜里，裴航听到捣药声，于是偷偷窥视，看见玉兔拿着杵臼正在捣药，雪白的光芒照得室内辉煌明亮，可以分辨出细微的毫毛。于是裴航的心志更加坚定，天天坚持捣药，一直达到了一百天。老婆婆取出捣好的丹药吞入口中，说："我现在就进山洞去告诉亲戚，为裴郎准备帷帐。"说着，就拉着小娘子进入深山。走时对裴航说："暂时须在这里稍等。"不久，来了许多车马和仆人，迎接裴航前往。到了那里，只看见一座大宅院，高耸入云，宝珠装饰的大门在阳光照射下熠熠生辉，屋内有帐幕屏风帷帘，还摆满了珠宝玉翠等种种珍贵玩物，应有具有，超过了皇亲贵戚家里的摆设。有仙童侍女过来，引领裴航入帐稍作休息。接着，裴航拜见老婆婆，感恩戴德，激动地不住悲泣。老婆婆说："裴郎本是清冷裴真人的子孙，业缘应当出世，用不着太感谢我。"接着又被引见来宾，大都是神仙中的人物。后来又见到一个仙女，梳着鬟髻，穿着霓色衣裳，说是小娘子的姐姐。裴航拜过，仙女说："裴郎不认识我了吗？"裴航说："过去又不是亲戚朋友，记不清曾经拜见过你。"仙女说："你不记得在鄂渚同坐在一条船上，一起回到襄阳吗？"裴航非常惊奇，连连诚恳地道谢。后来问左右侍从，说："她是小娘子的姐姐，人称云翘夫人，是刘纲仙君的妻子。她已是上界仙人，为玉皇大帝的女官。"后来，老婆婆叫裴航把妻子带到玉峰洞中，住在琼楼珠室之中。由于服食绛雪琼英之丹，他的性情渐渐清虚，体态变得轻盈，毛发绀绿，不断神化，最后脱俗超世，成为上界仙人。到了唐文宗太和年间，朋友卢颢在蓝桥驿的西边，遇到裴航，因此说起他的得道经过，他还送给卢颢蓝田美玉十斤、紫府云丹一粒。他们整整畅谈了一天，最后分手时再次嘱咐把他的书信送到亲戚朋友手中。卢颢跪拜，以头触地，乞求说："兄长既然已经得道了，能不能赐给我一句忠告？"裴航说道："老子说过：'心要空虚，腹要充实。'现在的人们心中愈来愈实，这怎能懂得修道的道理呢？"卢颢听了懵然不知，裴航就解释说："心中充满妄想，腹中精气漏泄，虚实就可以知道了。凡人自有长生不老的法术和还丹成仙的良方，但是目前你还不具备得到的条件，日后再说吧。"卢颢知道请求也没有用，筵席散后就离开了。后来世上再没有人遇到过裴航。

读后感悟

裴航心诚意坚，玄霜捣尽，与云英终成眷属。